小說家님께

2023년 白露즈음에

著者

KB033626

술꾼, 글꾼,

우러러 그리되리라

술꾼, 글꾼, 우러러 그리되리라

초판 1쇄인쇄 2023년 7월 28일
초판 1쇄발행 2023년 7월 31일

저 자 김영두
발행인 박지연
발행처 도서출판 도화
등 록 2013년 11월 19일 제2013-000124호
주 소 서울시 송파구 중대로 34길 9-3
전 화 02) 3012-1030
팩 스 02) 3012-1031
전자우편 dohwa1030@daum.net
인 쇄 유진보라

ISBN ┃ 979-11-92828-23-7 *03810
정가 15,000원

도화道化, fool는
고정적인 질서에 대한 익살맞은 비판자,
고정화된 사고의 틀을 해체한다는 뜻입니다.

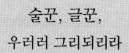

술꾼, 글꾼,
우러러 그리되리라

김영두 연작소설

차 례

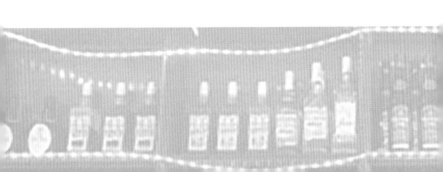

술꾼, 글꾼,
우러러 그리되리라

영국의 소설가 서머싯 몸이
'동양의 신비'라고 극찬했던 칵테일, 싱가폴슬링
https://ko.marinabaysands.com/singapore-visitors-guide/
nightlife-guide/guide-to-the-singapore-sling.html

대한민국 국민은 청소년보호법 제28조에 따라 만19세가 되는 해의 1월 1일부터 주류구입과 술집출입이 가능해진다. 하지만 만19세 이하라 하더라도 음주 자체를 막는 법조항은 없다. 청소년들이 직접 구입하지 않은 주류로 술집이 아닌 장소에서 음주 파티를 벌여도 법적으로 처벌받지는 않는다. 단지 이는 국법의 테두리 안에서이다.

학교 군대 종교 등의 조직에서는 내부 규정으로 음주를 규제한다. 술을 마시다 적발된 중고교학생은 교칙에 따라 벌점을 부과하고 거듭되면 교내봉사 사회봉사 등 징계를 받는다. 19세 이상의 고교생도 학칙에 따라 교내에서의 음주는 금지

된다. 다만 음주허용연령을 넘긴 친구들과 집이나 MT, 야유회 등에서 즐기는 음주는 법적으로 아무런 하자가 없다. 쉽게 설명하자면, 국법은 음주허용연령에 미달한 청소년에게 술집 출입과 주류 구입만 제한한다는 것이다.

아 맞다, 영화 '엽기적인 그녀' 영화를 보면 여주인공 전지현과 남주인공 차태현이 고교생 교복을 입고 주민등록증을 자랑스럽게 내보이며 술을 파는 클럽에 입장하는 장면이 있다. 술집 출입은 복장에 상관없이 나이를 제한한다는 뜻이다.

하긴 나도 여고를 졸업하던 해 술집에 들어가려다 제재를 당했다. 고교를 졸업했으나 나이는 만19세가 안 되었기 때문이다. 나는 적어도 청소년처럼은 안보이려고, 머리도 밤거리를 배회하는 소위 노는 애처럼 부풀리고 입술도 붉게 칠하고 짧은 치마에 하이힐도 신었지만 번번이 문전박대를 당했다. 주로 주민등록증을 깜빡 잊고 가지고 나오지 않았다고 거짓말을 하며 호시탐탐 술집 출입기회를 노렸었다.

겨우 명동의 어느 칵테일 바에 들어가 본 적이 있다. 나는 미성년자였지만 친구는 만19세를 넘겼기 때문에 친구의 나이에 묻어서 입장했다. 이른 초저녁이어서 문을 지키는 문지기도 바텐더도 아직 출근 전이었다. 바텐더 출근을 기다렸다가 겨우 페퍼민트 한 잔을 얻어마셨다. 지금도 기억하거니와 가글용액에 우유를 섞은 맛이었다.

부모님께 용돈을 받는 학생의 처지에서 칵테일 바 출입은 사치다. 또한 술집이란 아직 순수해야할 청소년을 환락의 세계로 이끄는 일등공신이다. 하지만 어른의 세계를 동경하며 빨리 어른이 되고 싶었던 나는 그 호기심을 충족시켜줄 손길을 찾고 있었다.

내가 새로 발굴한 칵테일 바는 남자화장실은 '111'로 여자화장실은 '101'로 표시된, 외설적인 냄새가 풍풍 풍기는 술집이었다. 문지기가 나이를 묻기는 했지만 성숙한 연극배우처럼 거짓말을 했다. 그는 씨익 웃으며 엄지손가락을 세웠다가 젖히며 입장하라는 신호를 보냈다. 언뜻 그의 미소에서는 어린 미성년을 입장시킬 속셈으로 짐짓 속아준 기미가 엿보였다. 두리번거리며 들어가서 저당 잡힌 촛대처럼 앉았다.

턱시도를 입고 머리에 허옇게 서리가 내린 연륜과 경력을 자랑하는 바텐더가 진토닉 한잔을 내놓았다. 아껴가며 천천히 한 방울씩 핥아 먹었다. 술집에는 시계가 걸려있지 않다.

화장실에 가느라 일어서면서 옆자리 앉은 사람의 시계를 훔쳐보니 입장 한 지 한 시간도 지난 이제는 다른 손님에게 자리를 내줘야 할 시각이었다.

그 즈음 친구의 언니인 현아언니가 칵테일 학원에 다니고 있었다. 현아언니는 다니던 직장을 그만두고 결혼을 했는데 1년도 안 되어 이혼했다. 새로운 직장도 새로운 결혼도 막막했고, 천신만고 끝에 찾아낸 앞길이 미국행이었다. 미국에서 소용이 닿을 직업을 찾으려고 초상화 그리는 법도 배우고, 한식 일식 중식 조리사 자격증도 땄으며, 조주기능사 자격증도 따려고 칵테일 학원엘 다니는 중이었다. 현아언니는 자신이 실습한 칵테일을 동생과 동생의 친구인 우리 일당에게 거의 강제로 먹였고, 자신이 배운 술에 관한 지식을 우리에게 복습하며 전수했다.

대충의 교육은 받았으므로 나는 칵테일에 아예 문외한은 아니다. 제대로의 맛인지는 알 수 없으나 각종 베이스 술을 시음했고, 읽었고, 사진으로 보았다. 술에 관한 공부는 안하고 술만 마시는 술꾼들보다는 내가 술의 역사나 과학이나 예술과 예의에 관한 이론에는 좀 밝을 터였다. 언니가 가르쳐준

주도酒道 제5장에는 '술집에 들어가서 칵테일 한잔 시켜놓고 30분 이상 좌석을 뭉개고 있으면 안 된다'도 있었다. 주도라기보다는 손님으로서 영업집에서 갖출 예의라고 했다.

"근데, 이 세상 어디를 가도 통하는 진리가 있단다. 남자들이 많이 가는 술집에 젊고 예쁜 여자 손님은 환영받는 꽃 장식품이고. 반대로 젊은이들이 가는 카페라면 잘생긴 남자 홀써빙 알바생이 어느 비싼 인테리어 시설보다 여자 손님을 끌지."

언니는 내 귀를 잡고 은밀하게 속삭였었다.

101 화장실에 갔다 오니 내 자리에 얼음을 띄운 분홍빛액체가 담긴 필스너글라스가 놓여있었다. 글라스에 화려하게 가니쉬로 얹은 과일은 오렌지와 체리였다. 칵테일 한잔 시켜놓고 1시간 이상 진을 빼며 앉아있는 나를 밀어낼 심산으로 화장실을 다녀오는 사이 내 자리에 다른 사람을 앉히고 주문을 받았나 보다. 테이블 위에 놓았던 클러치백을 집어드는데 바텐더가 손짓으로 목로의 끝에 앉아있는 남자를 가리켰다.

"저 신사 분이 보내셨습니다. '싱가폴슬링Singapore Sling'입니다."

오오 싱가폴슬링이라…

영국의 소설가 서머싯 몸이 '동양의 신비'라고 극찬했던 칵테일이다. 저녁노을을 표현하였다고 한다. 연한 주홍빛이 나는 아름다운 색 배합과 새콤달콤한 맛으로 인해 여성에게 인기가 높은 칵테일이다. 오렌지와 체리특유의 화려한 과일장식을 눈으로 즐기면서 마신다는데, 초짜이면서 재료가 제대로 갖추어지지 않은 친구언니는 오렌지도 아닌 귤 한 조각을 가니쉬로 장식해주었다. 사진으로 본 싱가폴슬링의 색과 모양이 너무 아름다워서, 언니처럼 초짜가 아닌 전문 바텐더가 조주한 '싱가폴슬링'을 꼭 시음해보고 싶었다. 바로 그 요염한 액체가 어서 나를 취해달라고 유혹하고 있다.

나는 호기롭게 단신으로 술집에 들어오기는 했으나, 나보다 20년쯤 연상으로 보이는 사내가 말을 걸어올 줄은 몰랐다. 한 잔일지라도 술대접을 받아본 적은 더욱 없다. 나로서는 충격적인 경험이었다.

"고맙습니다만, 제가 술이 약해요. 제 정량 마셨습니다."

나는 거절했다. 소리가 떨려 나왔다. 분위기로 봐서도 일단은 사양해야 될 것 같았다. 낯선 남자가 사는 술은 함부로 먹지 말라고 어디선가 들었다. 나는 이미 시각으로 후각으로는 다 음미했으므로 미각은 나중으로 미루고 물러나려 했다.

"약하게 아주 약하게 조주했습니다. 오늘 첫 여성손님으로 오셔서 딱 한 잔만 마시고 가면 영업 방해인 거 아시나요?"

얼음에 톱질을 하며 바텐더가 설명했다.

나를 유혹하는 존재는 술일까, 남자일까. 두 가지 다 인 것 같다. 나는 술과 연애, 두 가지 다 허락되는 19살의 문턱을 밟고 있지 않은가.

전문가가 만든 마셔보고 싶었던 칵테일과 바텐더의 강권에 나는 내숭도 섞어 못이기는 척 좌석에 다시 주저앉았다.

내게 술을 보낸 신사에게 마시기 전에 인사라도 하려고 고개를 돌리자 그는 오른손바닥을 오른쪽 눈썹 근처에 댔다. 술병들이 세워진 진열장 안쪽은 검은 거울이었다. 바텐더의 뒷모습과 그 신사의 얼굴이 보였다. 신사는 야릇한 미소를 물고 있었다.

모든 칵테일은 눈으로 이미지를 즐기고, 코로 향을 들이키며, 혀로 맛을 음미한다. 전문적인 바텐더가 조주한 술은 맛과 향이 분명 다를 터였다. 단지 내가 그 차이점을 구별해 낼 줄 모른다. 노력하고 단련시키면 언젠가는 향과 맛과 색깔과

온도가 어떻게 다른지 표현할 수 있는 술꾼이 될까. 그 맛을 글로 묘사할 줄 아는 글꾼도 될까. 내가 이 세상에서 술의 매혹적인 맛을 오감으로 느낄 줄 아는 술꾼, 그 술맛을 더 매혹적으로 묘사할 줄 아는 글꾼이 되리라고 결심을 굳히는 찰나였다.

"잘 하시는데요. 한잔 더 하세요. 발갛게 물든 볼이 잘 익은 사과 같아요. 예뻐요."

내가 대답을 망설이는 사이, 잘게 부순 얼음이 채워진 콜린스글라스 한잔이 내 앞에 놓였다.

"롱아일랜드 아이스티입니다."

바텐더가 술잔을 내 앞으로 가까이 밀었다.

나는 롱아일랜드 아이스티Long Island Iced Tea의 래시피를 익혔다. 베이스가 되는 네 가지 술은 모두 알코올도수 40도가 넘는 독주이다. 40도가 넘는 4가지 술을 반 온스씩 2온스를 베이스로 채운 다음 목에서 톡 쏘면서 달콤하고 시원하게 넘어가라고 얼음과 과일주스와 콜라를 섞는다. 외관상으로는 아이스티이지만 알코올 강도로는 '넉아웃 칵테일'이다.

그런데, 바텐더는 1온스 샷잔이 거의 넘치도록 럼주 보드카 진 그랑마르니에르를 각각 따랐다. 40도의 술을 거의 4온스 사용했다. 바텐더와 저 신사는 내가 롱아일랜드 아이스티에 대한 지식이 전혀 없는 줄로 알고 있다. 저 신사는 바텐더에게 나에게 권하는 술을 '2배 독하게' 만들도록 한쪽 눈을 찡긋하며 명령했을 것이다.

나는 현아언니가 만들어주었던 롱아일랜드 아이스티를 한 잔은 마셨었다. 조금 취기가 올라왔었다. 하지만 오늘은 더 많이 취할 것 같다. 자신도 없다. 위험을 수반하는 모험에 나를 투척하고 싶지 않다.

"취하면 집에 모셔다 드릴게요."

신사가 말하는 틈이 갈라지는 사이, 바텐더의 속삭임이 들려왔다.

"도온… 드링…크."

나는 손을 뻗어 잔을 잡았다.

"씨유, 넥스트 타임…"

바텐더는 내말의 의미를 알아차렸는지 입꼬리를 말아 올리며 웃음을 물었다.

나는 입에 롱아일랜드 아이스티를 한 모금 머금었다. 3초

후에 나는 한 모금만으로도 욕지기가 올라온다는 듯이 입을 막고 뛰어나왔다.

요즈음 나의 단골칵테일 바에 가면 바텐더 제임스가 가끔은 마지막 술로 롱티(롱아일랜드 아이스티의 줄인 이름)를 권하기도 한다. 안 마시는 이유는 주스와 콜라의 들척지근한 단맛이 독주의 깔끔하고 독한 맛을 희석시키기 때문이다. 내가 선호하는 술맛이 아니다. 나는 술집에서의 마지막 잔으로는 위스키나 꼬냑을 마신다. 나는 천사처럼 향기롭고 부드러운 단맛보다는 악마처럼 독하고 비수처럼 날카로운 쓴맛을 사랑한다. 연애도 눈물이 쏙 빠지는 쓴 연애를 해보고 싶다.

10여 년 전쯤, 세미나 참석차 경북 영주에 갔다. 우리 소설가 일행은 오전 9시에 대절버스를 타고 서울을 출발했다. 점심은 고속도로 휴게소에서 때웠다. 관광대절버스는 오후 3시 쯤, 10월이었지만 뙤약볕만 난만하게 뛰어 놀고 있는 영주 선비촌 주차장에 우리 일행을 부려놓았다. 손차양을 만들어 눈을 가느스름하게 줄여 뜨고 주차장을 둘러보았다. 주차가 허용된 그늘 없는 너른 주차장은 휑뎅그렁하게 비어있었다.

관광지나 사찰에는 일반인이 이용하는 공용주차장과 VIP

들만 이용하는 특별주차장이 있다. 사찰이라면 주지스님이나 큰 시주를 하러 온 분들의 차를 세우는 곳이다.

공용주차장에서 조금 떨어진 기와집 솟을대문 앞 소나무 그늘은 아마도 특별한 손님이지 싶은 방송사 로고가 선명하게 도드라지는 방송장비 차량 1대, 주로 아이돌 연예인들을 실어 나른다는 차창을 검게 선팅한 SUV 차량 2대, 그리고 뿌연 먼지를 뒤집어쓴 승용차 2대가 당당하게 점유하고 있었다.

두암 고택의 솟을대문이 열렸다. 대문 안 마당에서는 건장한 청년들이 장대 끝에 달린 마이크나 바람을 일으키는 풍구, 영화에서나 봤음직한 지게로 한 짐은 될법하게 커다란 카메라들을 이동 정렬하고 있었다. 흥미가 확 돋았다. 세미나가 열린다는 강학당으로 가던 걸음을 멈추고 까치발을 들어 담 안의 정황을 살폈다.

조선시대 유생들의 복장인 복건을 쓰고 두루마기 위에 쾌자를 입은 젊은 청년들이 기와집 대청마루에서 손짓을 섞어 대화를 나누는 양이 얼핏 비쳤다. 그들을 다리 세 개로 떠받쳐 올린 무비카메라가 조준하고 있었다. 청년들이 고개를 살짝 움직일 때마다 어깨 뒤로 늘어뜨린 복건의 드림이 나풀댔다. 대들보에 걸쳐서 내려뜨린 하늘하늘한 비단 천이 바람에 나부끼며 빛 그림자를 담벽에 드리웠다. 소나무의 향내도 바람에 실려 왔다. 사극 드라마 촬영 준비 중임이 분명했다.

영화나 드라마 촬영만큼 재미난 구경거리가 어디 있겠는가. 그 구경거리를 기억에 남기려고 담 위로 고개를 삐죽 올렸더니, 나와 눈이 딱 마주친 더벅머리에 꼬실꼬실한 수염을 턱에 단 남자가 들고 있던 나팔 모양의 확성기에 대고 외쳤다.

"촬영 협조 부탁합니다. 담 위로 머리 올리지 마세요."

엿보거나 훔쳐보는 일, 곁불을 쬐거나 개헤엄을 치는 일은 선비촌을 방문한 선비임을 자처하는 작가가 할 짓이 아니라서 기웃거리고 싶은 맘을 참고 점잖게 강학당으로 향했다.

세미나의 주제가 생각나지 않는 걸로 미루어서 건성건성 시간을 때웠으리라. 사지를 결박당한 듯 좀이 쑤시게 버티다가 3시간 만에 풀려났다. 세미나가 끝나고 숙소로 정해진 김세기 가옥에 짐을 풀고 저녁식사 장소인 저잣거리로 가는 길이었다. 음식점 정주간 뒤편의 마당에는 차일을 친 평상에 음식이 차려져 있었다. 드라마 제작팀을 위한 뷔페형식의 케이터링이었다. 드라마 제작팀들은 딱히 식사시간을 정하지 못하고, 잠시 짬이 날 때마다 평상 쪽으로 뛰어나와 국수 한 그릇을 후루룩 흡입하든지, 인절미 같은 떡이나 부침개 한 조각을 들고 자신의 위치로 돌아가 맡은바 역할을 했다. 계획한 오늘 하루분의 촬영을 마치기 위해, 교대로 일하고 교대로 식사하고 교대로 휴식하며 강행군하고 있었다.

아무래도 눈길이 가기에 또 흘끔흘끔 돌아보았다. 정주간 앞을 지나다가 허걱 놀랄 만큼 눈부시게 잘생긴 청년들과도 마주쳤다. 가슴이 뛰었다. 먼먼 전생에 인연을 맺었던 도령이 아니었을까. 미디어에서 낯이 익었겠지만, 이름이 기억나지는 않았다. 티브이 화보사진 속에 있다가 생명을 얻어 툭 튀어 나온 듯, 청년의 얼굴이 빨아 넌 하얀 옥양목처럼 깨끗하고 신선했다.

정주간 앞마당에는 멍석을 편 화로 위에 무쇠번철이 걸려 있고 광목 한복을 입고 머리에 흰 수건을 쓴 몸이 여윈 아낙이 앉아 있다. 살랑 바람결에 맛있는 냄새가 끼쳐온다. 등을 보이고 앉은 여인이 하는 짓을 보니까 돌아가신 우리 왕고모님이 떠올랐다. 그 여인은 번철 위의 무언가를 한 점 집어먹고 얼른 고무신을 신은 발이 디딘 땅에 놓아둔 하얀 사기병에서 필시 막걸리가 분명한 액체를 한 사발을 따라 재빠르게 마셨다.

내가 어렸을 적, 할아버지의 동생인 왕고모님은 요리한 음식이 어른들의 밥상에 오르기 전에 먼저 집어먹는 아낙네로 유명했다. 나도 여러 번 목격한 장면인데, 마당 한가운데 놓인 연탄불 위에 올린 무쇠번철 앞에 앉아계시다가 부침개를 재빨리 집어 드시고 또 재빨리 막걸리를 한 모금 마신다. 그리고 누가 보는 사람이 있나 주위를 둘러보신다. 이미 볼 사람은 다 보아버렸는데도, 소문은 소문대로 멀리 퍼져있는데도 주저함이 없으셨다. 친정집이랄 수 있는 오라버니 집에 와서, 왕고모는 재떨이를 손바닥에 얹고 다니면서 담배를 피워댔고, 담배를 입에 문채로 음식을 손으로 집어먹으며 '짜네 다네' 트집을 잡았다. 그녀가 담배를 입에 문채로 음식 앞에 앉아있는 것을 모든 사람이 싫어했다. 질색을 했다.

"음식 위로 담뱃재 떨어지잖아요. 그 꽁초는 그만 좀 꺼요."

담뱃불을 끄라는 사람은 나의 할머니이자, 왕고모의 올케

22

였다. 사이가 좋을 수 없는 시누이와 올케였다. 과부가 된 시
누이가 오라버니 집에 와서 제사상에 감 놓아라 배 놓아라 해
쌓는데, 이뻐할 올케는 없을 것이지만.

"고모할머니는 언제부터 담배를 피우기 시작했어요?"

나는 왕고모 곁에서 호박전이라도 하나 더 얻어먹으려고
말을 붙였다.

"난 서른여덟에 술도 담배도 다 배웠단다."

"왜 서른여덟이에요?"

나는 왕고모를 비롯한 친척 어른들을 좋아하지 않았다. 아
니 친척들이 나를 좋아하지 않았다. 왕고모도 그 중에 하나였
다. 여자는 소모품이나 도구취급을 했다. 아들들만 사람이고
딸들은 '시집가면 출가외인'이라는 말을 앞세워 식구 취급을
안 했다. 내가 방에 숨어있으면 잔심부름이라도 시키려고 불
러댔고, 오빠나 남동생들은 '이거 좀 먹어봐라'라면서 불러냈
다. 제사음식을 준비하는 동안 남자들은 할 일이 없어 낮잠을
자거나 시내로 영화를 보러가기도 했지만, 여자는 부엌을 벗
어날 수가 없었다.

제삿날이나 명절날 손을 가진 여자라면 할 일은 지천에 늘

어져있었다. 나는 어린 큰딸이어서 마늘을 까고, 파를 다듬고, 당근을 씻고, 마루를 닦고, 마당을 쓸고, 밥상을 닦고, 수저를 놓고, 밥과 반찬을 나르고, 시키는 일과 시키지 않는 일도 다 해야 했다.

"에효, 그 나이에 내가 과부가 됐어. 자식이 셋이나 딸렸고. 어떻게 살아야 하나, 참으로 막막해서 한숨을 폭폭 내 쉬다가 담배를 배우게 되었어."

왕고모님은 친정집에 와서 부모님 제사에 딸로서 한몫을 한다는 그럴싸한 명분을 내걸고 무쇠번철을 치마폭으로 감싸고 앉아 부침개를 다 먹어대고 있는 중이었다.

"그럼 술은 언제부터 마셨어요?"

"나는 술이 먼저가 아니라 호박전의 짠맛 때문에 막걸리를 먹게 되었어. 이렇게 제사음식 준비하다가 호박전을 집어 먹었는데, 맛이 아주 짜서 막걸리를 한 모금 마셨단다. 그게 시작이야."

육중하고 질박한 우리 고유의 토속적 분위기가 물씬 풍기는 무쇠번철에다 지짐질을 할 때에는 반드시 기름을 둘러야 하는데, 이때에는 무나 호박꼭지 부분을 기름을 묻혀 번철에

문질렀다. 나는 얼른 부엌으로 가서 호박꼭지를 얻어왔다. 싱싱한 호박꼭지는 물기가 있어 치르르르 기름이 튀었다.

"이리 와서 한모금해라. 우리 집안은 아들들은 술을 잘 못해도 딸들은 할 줄 안 단다."

나는 그 아낙이 어렸을 적의 왕고모인 것만 같아서 부침개 한 점과 막걸리 한 사발을 얻어먹으려 손을 뻗었다. 머리에 쓴 흰 수건 밑으로 드러난 아낙의 얼굴은 우리 왕고모하고는 얼토당토않게 후덕하게 생겼다. 그녀는 종이접시에 호박전과 막걸리 한 잔을 올려주었다.

전통한옥 체험하러 온 사람들에게 제공되는 식사이니, 당연히 한옥과 구색을 갖춘 한식과 영주지방의 쌀로 담근다는 민속 막걸리가 나왔다.

막걸리를 홍보해 줄만한 지면을 가진 작가를 포함, 술이라면 대소청탁을 가리지 않고 마셔대는 술꾼들의 집단이라, 막걸리 회사의 영업상무라는 사내가 나와서 홍보에 열을 올린다. 영업상무가 막걸리 예찬하느라 침이 마르는 모양이다. 자작으로 따라 벌컥벌컥 한 사발을 들이킨다. 나도 침이 꼴깍 넘어간다.

"막걸리는 곡주입니다. 밥을 주식으로 하는 우리나라 사람에게 막걸리는 쌀 특유의 구수함이 있어 우선 목 넘김이 상쾌하지요. 우리 막걸리에는 원료로 사용하는 영주 쌀의 영양소가 녹아 있어 밥 대용식으로도 훌륭합니다. 꿀꺽꿀꺽 들이켜다 보면 술처럼 취하기보다는 밥처럼 속이 든든해집니다."

맛나다고, 태어나서 먹어본 막걸리 중에 최강이라고, 칭찬을 했더니, 막걸리를 무제한으로 제공할 테니 이 밤이 새도록 마셔보란다. 더하여 선물 막걸리도 챙겨드릴 터인즉, 가지고 계시는 지면이나 앞으로 저작하실 작품 속에 꼭 우리 회사 막걸리 자랑 좀 해달라고 한다. '올커니' '맞지라'를 연발하여 권커니 잣커니 마셨다.

저녁을 먹고 나왔을 때는 해도 뉘엿뉘엿 넘어가고 있었다. 가등이 뿌옇게 빛을 냈다. 해우당 고택의 촬영현장은 눈부신 조명으로 대낮처럼 밝았다. 서까래에서 내려뜨린 파스텔 톤의 커튼자락이 조락하는 석양빛을 걸러내며 돛폭처럼 부풀었다. 흙담 밖에서도 까치발만 들면 마당의 움직임이 포착되었다.

해우당 고택에서 일어나는 신비한 일들을 목매달고 구경

하고 있는 사람들이 또 있었다. 우리 일행이 도착하기 전부터 선비촌 담 밖에 서 있던 열 명 남짓의 소녀들이다. 사극 드라마에 출연하는 연기자인 아이돌스타를 불원천리 따라온 열혈 소녀 팬들임에 틀림없었다. 소녀들은 책가방을 등에 메고 교복스커트는 짧게 올려 입었다. 어둠에 자신의 모습은 숨기고 밝은 곳의 움직임은 낱낱이 채집했다.

팬클럽 회원이겠지. 팬은 스타의 활동정보와 그들이 출연한 미디어 프로그램에 대해 공유한다. 스타들은 일부러 팬클럽 회원에게 공연일정이나 드라마 촬영스케줄을 흘려놓는다. 그러면 대기하고 있었던 한 무리의 응원단이 따라붙는다. 얼마나 많은 응원 인파를 몰고 다니는지가 인기의 척도가 될 것이다. 여기까지 따라 올만한 열혈 팬이라면 부모님의 생일이나 취미 기호는 몰라도 아이돌 오빠들의 생일이나 취미 신체사이즈 어느 병원에서 태어났는지도 다 조사하여 기억에 각인해놓았을 것이다.

어두워지는가 싶다가 주위가 다시 밝아진다. 달이 뜨고 있다. 음력을 짚어보지 않았지만 보름에 가까운가 보다. 세상에 가득 찬 달의 기운이 느껴진다.

오늘은 외박을 허락 받은 날이다. 외박을 허락 받은 날, 대취하지 않은 적이 없다. 이 자리에 앉아서 마신 양만큼의 막걸리를 등에 짊어지고 가야한다면 세 걸음도 못 떼 주저앉으리라.

하늘에 달, 술잔에도 달이 떴다. 멀리 떠 있는 촬영조명등이 달보다 밝았다. 밤이 깊어져 감에도 둥그런 보름달 같은 조명을 띄워놓고 드라마 촬영을 강행하고 있다. 고즈넉하니 어디선가 정취를 돋우는 벌레의 울음소리도 들린다. 열혈팬 소녀들은 여전히 그곳에 서 있다. 거의 움직임도 없이 그 자리에 소금기둥처럼 못 박혀 있다. 가끔 담 안쪽에서 밖의 구경꾼들에게 몸을 피하라는 확성기를 통한 명령이 떨어지면 그녀들은 용하게도 카메라의 앵글 밖 소나무 그늘 뒤에 숨는다.

내가 얼핏이라도 볼 수 있었던 장면은 고전영화 춘향전의 이몽룡 도령으로 분한 듯한 젊은 연기자들이 한옥 마당에서 감독에게 연기지도를 받는 듯, 마루에서 댓돌로 구르듯이 내려서는 행동을 수차례 반복하는 것이었다.

일교차가 큰 가을 날씨 때문에 해가 떨어지자 급격히 기온

이 내려갔다. 늦가을의 바람이 낙엽을 떨구고 소녀들의 스커트 자락도 들추고 지나간다. 바람이 어루만지고 간 소녀들의 맨다리가 무척 추워 보인다. 아이돌스타 바라기를 하다가 점심 저녁 다 굶었을 것이다.

"선배님, 쟤네들, 서울에서부터 따라왔겠죠? 학교도 안 가고. 제가 여기 도착할 때부터 봐왔는데, 밥도 굶고 화장실도 안 가면서 저기 연예인청년 누군가와 눈이라도 맞추고, 사진이라도 같이 한 장 찍을까 기다리는 거라구요."

"내 딸이 아니라서 다행이야."

"그렇게 말씀하시지 마세요. 우리나라의 청소년들이에요. 전, 제 딸 같아요. 제 딸이 저런단 말이에요. 쟤네들 온종일 굶었을 텐데 우리 식사하고 남은 떡이랑 전이랑, 그리고 짊어지고 못 갈만큼 남은 막걸리도 좀 갖다 주면 안 될까요?"

후배작가는 소녀들과 나를 번갈아 보면서 말한다. 거의 애원조이다. 우리나라의 미래를 짊어지고 갈 청소년의 건강을 생각해서 굶기면 안 되니까, 술꾼 어른들에게 짊어지고 못갈 만큼 넘치도록 제공된 술과 음식을 청소년에게 나누어주자고 한다. 청소년에게 술을 제공하는 공범이 되자고 제안한다.

"우리 딸은 중간고사 시험 끝나는 날이면 꼭 술을 마시더라구요. 술을 어디서 어떻게 구하는지는 모르겠는데, 친구들이랑 공원이나 놀이터에서 모여서 먹는 눈치였죠. 몇 번 낌새를 챈 다음에는 딸아이들 시험 끝나는 날이면 막걸리를 집에 사다놓고 내가 친구네 집으로 자리를 피해줘요. 집에서 친구들이랑 마시고 취하면 자라고요. 술집에서 술 마시다가 학교 선생님에게 걸리면 정학이고, 안 걸려도 술 취하면 사고를 칠 수도 있어서요. 적어도 집에서 엄마가 허락한 술은 위법은 아니니까요."

나는 고개를 꺄울여 후배의 얼굴을 뚫어지게 바라봤다.

"박선생 말이 맞아. 술 마시지 말라는 훈육이 먹히면 좋지만, 뭐든 금하면 숨어서 하잖아."

금단의 열매가 더 맛있어서, 금알의 술이기에 몰래 숨어서 기필코 배운다는 청년들도 더러 있다.

"청소년에게 막걸리 괜찮을까?"

내가 동의도 허락도 하기 전에 후배는 스티로폼 도시락에 간단하게 입매는 할 만한 음식을 주섬주섬 담았다. 그리고 선물용이라며 꿍쳐놓은 내 막걸리 한 병과 제 것까지 막걸리 두

병을 들고 뛰어나갔다. 소녀들의 모습은 어둠 속에 실루엣으로 떠 있었다.

"막걸리라고 했더니 주저하며 받기는 했지만, 고맙다고 인사했어요."

후배가 경과를 보고했다.

"한 잔씩 따라서 멕이고 오지 그랬어. 몸이라도 따뜻해지라고."

소녀들의 다 드러난 허벅지가 무척 추워보였다. 아마 소녀들의 집에서 이런 식의 외박은 용납을 안 할 텐데 부모님께 무슨 거짓말을 치고 나왔을까, 별 오지랖 넓은 걱정도 들었다.

문득, 2013년에 작고하신 최인호 선생님의 단편소설 「술꾼」이 떠올랐다.

선생님은 1945년에 출생하셨고, 서울고등학교 2학년 재학 시절인 1963년 단편 「벽구멍으로」로 한국일보 신춘문예에 가작 입선하여 문단에 데뷔하였고, 1967년 단편 「견습환자」가 조선일보 신춘문예에 당선된 이후 본격적인 문단 활동을 시작하였다. 단편소설 「술꾼」은 선생님이 적어도 주류 구입과 술집 출입과 음주도 가능한 25세인 1970년 현대문학지에 발표되었다.

　내가 문학을 공부하던 시절 문학기행 행사에 최인호 선생님을 만났다. 나는 그분의 저서에 서명을 받으면서, 「술꾼」은 몇 살 때 쓰셨는지 물었다. "「벽구멍」보다 먼저"라고 패스워드를 알려주듯 짧게 대답하며 웃으셨다.

　단편소설 「술꾼」의 내용을 요약 소개한다.

　배경은 6·25 전쟁이 우리나라를 쑥대밭을 만들어놓고 지나간 10여년 후쯤, 도시의 어느 시장거리이다.

　머리는 기계충의 상흔으로 벽보판처럼 지저분했고, 중국식 소매에서 삐져나온 작은 손은 때에 절어 잘 닦은 탄피처럼 번들거리는 아이가 시장거리 술집에 머리만 들이밀고 묻는다.

　"오마니가 죽어 가고 있시오. 좀 전에 피 토하는 걸 보구막 뛰나왔시오. 아바지는 날 보고, 오마니가 죽게 되믄 이 술집에서 술이나 퍼 먹구 있갔으니, 이리로 오라구 했시오. 난 아버질 다리러 왔시오."

　막소주에 취한 술꾼들은 아이에게 말한다.

　"네가 오면 저쪽 피양집으로 보내 달라고 했단다."

아이의 손은 허물 벗는 애벌레처럼 그 중국식 소매 속에서 슬그머니 솟아 나와, 시장판 소매치기꾼들이 슬쩍해가듯 술잔을 들어 잽싸게 잔을 비운다. 아이는 요술 부리는 사람처럼 한 방울도 흘리지 않고 가득 채워진 잔의 술을 삼킨다.

해질녘부터 다섯 집을 들른 아이는 최소한 일곱 잔을 넘어 들이킨 셈이었다. 하지만 아이는 아직도 공복 상태인 듯 술이 부족했다.

아이는 평양집에도 들른다. 안면이 있는 술꾼들의 탁자 위엔 투명한 막소주가 놓여 있다. 그 막소주 한 잔이 미만(未滿)의 입 안을 윤택하게 적실 때 자기의 생명이 어떻게 밀도를 더해 나가는가도 아이는 잘 알고 있었다. 아이는 가장 알맞은 기회를 잡아 제멋대로 탁자 위의 술잔을 들어 날렵하게 입 안에 털어 넣는다.

아이는 비틀대며 걷기 시작했다. 시장 거리 끝에서 쓰러져있는 주정뱅이의 주머니를 뒤져 지폐 두 장을 찾아낸다.

"정말이지 취하고 싶어요. 내 주량은 내가 잘 알고 있시요. 두 잔만, 딱 두 잔 더 먹으믄 꿈도 없이 잘 잘 수 있갔시요. 지금 이 정도에서 그치면 안 먹은 것 보담 더 못하구, 잠도 잘 오딜 않으니끼니."

막소주 두 잔을 더 마신 아이는 태엽 풀린 인형처럼 걷는다. 언덕 위에는 고아원이 서있다. 아이는 잠시 비틀거렸다. 허나 술에 취했다고 해서 자기가 빠져 나온 철조망 개구멍의 위치를 잊을 수는 없다.

아이는 잠시 빌로오드 색깔로 빛나는 어둠 속에서, 보모에게 들키지 않고 체온이 아직 남아 있을 침구 속으로 어떻게 무사히 기어들어 갈 수 있을까 걱정한다.

소설이란 지어낸 이야기이다. 그러므로 이 소설이 실제로 일어난 사실인지 아닌지는 중요하지 않다. 「술꾼」은 무참하게 파괴된 현실에서 술꾼으로 전락하여 힘들게 살아가는 어린아이의 황폐한 정신세계를 통하여 아직도 피가 질질 흐르며 아물지 못하는 우리나라 전쟁의 상흔을 깐깐하게 지적한다.

독일의 대문호 요한 볼프강 폰 괴테는 "눈물 젖은 빵을 먹어보지 않은 자는 인생의 의미를 모른다"는 명구를 남겼다. 그렇듯 '배고픔'을 경험하지 못한 작가는 '눈물 젖은 빵, 배고파서 훔친 빵'의 이야기를 쓰지 못할 것이다. '술고픔'을 경험하지 못한 작가가 어찌 '술꾼' 이야기를 쓰겠는가. '딱 두 잔 더 먹으믄 꿈도 없이 잘 잘 수 있갔시요'라고 술고픔을 호소하는 어린 술꾼 이야기를 쓴 어린 작가라니. 최인호 선생님은 큰술꾼일까, 큰글꾼일까.

그 즈음 나는 문학청년이었다. 문학에 대한 열화 같은 사랑으로 매일 어딘가가 아팠다. 철분이 부족인 듯 어질어질 현기증도 심했고, 사랑에 빠진 듯 가슴이 저렸고, 몸살이 난 듯 근육도 쑤셨다. 일 년에 장편소설 한 권 이상 분량의 소설을 습작했고 문우들과 돌려 읽고 토론을 한 다음에 신춘문예에 응모했다. 최종심에도 몇 번 올랐지만, 결국에 떨어지면, 울면서, 이를 바득바득 갈면서, 마당에서 습작 원고들을 태웠다.

그리고 같이 경쟁하기도 하고 격려도 하는 문우들과 문학 강연도 자주 찾아다녔다. 요즈음 아이돌 스타의 콘서트에 가서 사인을 받고 같이 셀카를 찍는 것만큼이나 머리 터지는 경쟁을 하지는 않았지만, 최인호 선생님처럼 반짝반짝 빛나는 스타작가의 사인을 받고 같이 사진도 찍어서 책상머리에 붙여두기도 했다. 우러러 바라보며 그리되리라 다짐했다.

오랜만에 얼굴을 대하는 동료 작가들과 밤늦도록 한담을 나누다가 거의 새벽녘에야 잠자리에 들었는데, 잠자리에 들기 전 화장실에 다녀오며 바라본 촬영장은 아직도 환했다. 소녀들도 담장 너머에서 찬바람을 맞으며 지치지 않고 현장을 지키고 있었다. 아침에 일어났을 때는 방송국 촬영차들도 물론 50여명은 되어보이던 연기자들과 스텝들도 소녀들도 보이지 않았다.

다음날은 부석사를 들렀다가 서울로 올라가는 일정이었다. 버스 차창에 비가 부슬부슬 엉기어 내린다. 간밤의 숙취로 관자놀이가 쑤시고 입안은 등겨라도 삼킨 듯 텁텁했지만 유리창을 타고 또르르 구르는 빗방울을 보니 콧노래도 나오고, 슬금슬금 또 술 생각이 난다. 우리나라 사찰 근처에 가면 파전과 막걸리를 판다. 아마 부석사 근처도 다르지 않으리라. 두부와 도토리묵도 판다고 옆자리에 앉은 후배작가가 일러준다.

창밖으로 아침부터 빗속에 군인들이 작업을 하는 모양이 흘러간다. 대민지원 작업을 나왔나보다. 맨발로 논둑길에서 곡괭이와 삽질을 한다. 지난 장마에 허물어진 논둑길 물길을 수리하고 있다. 논두렁에 벗어놓은 군화가 이슬비에 젖고 있다.

농부들이 모를 내다가, 어부들이 고기를 잡다가 새참에 막걸리를 반주로 곁들인다. 동네 할머니 할아버지들이 물길을 수리해준 고마운 병사들에게 수고했으니 한 잔 하고 가라며 막걸리를 권하겠지. 병사들의 음주는 원칙상 금지겠지만 간부는 하해와 같은 재량으로 넘어가주겠지.

후배작가가 딸아이에게 시험 끝나는 날만, 술집이 아닌 곳에서, 엄마가 허용하는 선에서, 음주를 허용했듯이, 그동안 술에 입을 대지 못한 우리의 대한민국 국군 아저씨들, 막걸리에 취해보겠지.

"그 딸 지금 뭐해?"

까무룩 졸고 있는 옆자리에 앉은 후배를 손가락으로 찔러 깨웠다.

"말씀드렸잖아요. 소설 쓰고 있다고요. 죽어도 신춘문예로 등단하겠대요."

"문학은 마음의 양식은 생산하지만, 실제의 밥은 생산이 힘든 학문이야. 말려보지 그랬어."

"말린다고 될 일도 아니에요. 문학하면 밥은 못 먹고 살아도 술은 먹고 살수 있대요."

굿바이, 슈퍼맨

별이 쏟아지는 아름다운 몽골의밤
http://kor.theasian.asia/archives/287459

일기예보와는 다르게 날씨가 작정을 하고 변심했다. 먼 산 중턱에 걸쳐있던 해진 이불솜 같은 구름에 피멍이 들어간다. 아침나절 매섭게 불던 삭풍은 오히려 기가 꺾였다. 눈이라도 내리려나 공기가 축축하게 습기를 품는다. 숲속에서 머리를 풀고 달려 나온 갈기바람이 옷 속으로 파고든다. 몹시 춥다. 장갑을 꼈지만 손도 곱고 발도 시리다.

"여긴 휴전선과 가까워서 서울보다는 추워. 이건 어때?"

내가 발을 동동 구르자, 지후가 바지 주머니에서 무언가를 꺼냈다. 아, 낯익다. 저 술병. 힙 플라스크hip flask다. 힙 플라스크는 바지주머니에도 넣을 수 있는 금속제 휴대용 술병이다.

"술? 위스키?"

그가 찡긋 윙크를 하고는 먼저 소분용 뚜껑에 한 잔을 따라 마신다.

"독약이야. 내가 먼저 먹고 죽으면 넌 먹지 마. 줄리엣처럼 따라 죽지 말라고."

저 잘난 척하는 꼬라지라니, 지후는 여태도 내가 그를 앙망仰望하여 불급不及의 처지에서 시들고 있는 줄 안다.

"아직 가지고 있어? 그 술병?"

신기한 술병, 힙 플라스크를 처음 만나던 날이 떠오른다. 물안개가 자욱했던 호수였다. 그와 내가 살던 고향동네에서 시내버스를 타고 종점에서 내려 작은 오솔길을 지나 둑 위로 올라서면 호수가 펼쳐진다. 여름에는 천렵을 겨울에는 얼음낚시를 하러다니던 저수지였다.

지후의 쌍둥이 여동생 지숙이가 오빠들 낚시 가는데 따라간다며 짝꿍인 나를 꼬였다. 당일치기로 막차를 타고 나올 계획이었는데, 막차가 그렇게 일찍 끊어지는 줄도, 초가을의 새벽이 그렇게 추울 줄도 전혀 예측을 못했다. 내 몫으로도 낚싯대를 펼쳐주었지만 물고기는 입질도 안했다.

젖은 풀밭에 친 텐트 안에서 지숙이와 끌어안고 서로의 체온으로 몸을 덥히며 밤을 지새웠다. 이가 딱딱 부딪칠 만큼 추웠고, 강에서 찰싹거리는 물소리에 마음이 심란해서 잠을 이룰 수가 없었다.

갓밝이의 싸늘한 냉기가 볼에 스칠 즈음 텐트 천의 올 틈으로 여명의 기운이 스며왔다. 버너의 불을 일구는 소리와 향긋한 커피냄새에 더는 누워있을 수가 없어서 밖으로 나왔다. 먼 하늘이 붉게 물들어오고 있었다. 멀고 가까운 산들이 농담의 차이로 윤곽이 잡혀가고 물안개가 걷히면서 호수의 도래가 드러났다. 동화 속 세상으로 들어온 듯 신비롭고 황홀했다. 텐트를 등지고 앉아 끓어오르는 듯한 호수를 바라보던 지후가 인기척을 느꼈는지 뒤돌아보았다.

"커피 끓여놓았어. 좀 마셔라."

말맛이 따뜻했다. 그는 낚싯대가 드리워져 있는 옆자리의 간이의자를 옮겨와 펼쳐주었다. 모락모락 김이 오르는 커피를 받아들자 그가 바지 뒷주머니에서 뚜껑을 열면 요술쟁이가 톡 튀어나올 것 같은 신기한 금속제 병을 꺼내어 내용물을 아주 조금 내 잔에 따랐다.

"이거 뭔데?"

"웅, 덜덜 떨고 있잖아. 마시면 몸이 좀 따뜻해질 거야."

검고 쓰고 뜨거운 커피였다. 그리고 목구멍을 홧홧하게 달구는 액체가 뒤따라 들어왔다. 몸에 불이 확 붙는 기분이었다. 그는 입고 있던 오리털 방한 점퍼를 벗어 내 어깨에 둘러주었다.

"추위가 좀 가시고 있어. 한 모금 더 줘봐."

그는 내 말에는 아랑곳 하지 않고 내 어깨에 둘러진 점퍼의 양 앞자락을 자기 앞으로 끌어당겼다.

"여기에 휘핑크림만 얹으면 아이리쉬 커피가 되는데… 휘핑크림 대신…"

그의 입술이 다가왔다. 새의 뾰족한 부리에 콕 쪼인 듯한 비린 통증의 쾌감이 전해지는 위스키, 위스키 체이서로 쌉싸름하고 뜨거운 커피, 부드럽고 차가운 휘핑크림인가, 아니 부드럽고 차가운 그의 입술이 내 입술에 차악 달라붙었다. 어디서인가 향긋한 꽃냄새가 퐁퐁 풍겼다. 나는 눈을 감았다.

"그대 차례야. 뭔 생각을 그리 골똘히 해?"

그가 채근하는 바람에 먼 옛날로 날아갔던 기억이 화들짝

놀라서 귀환했다. 불려온 기억만으로도 얼굴이 달아올라서 그를 마주 볼 수가 없다.

"추운 겨울날 연인끼리 한 홀에 위스키 한 모금씩 마시며 18홀 라운드를 하고나면, 사랑을 나누기에 최적의 컨디션이 된대."

그가 말을 이으며 팅 그라운드에 오른다. 호방하게 드라이브 샷을 날린다. 창공을 뚫고 잘 뻗어 가는가 싶더니 아뿔싸 OB말뚝을 넘어간 공은 음침한 숲속에 숨는다. 사랑을 나누기에 최적의 컨디션? 내 그럴 줄 알았다. 내 앞에서 거들먹거리고 싶었을 텐데 안됐다. 연습을 게을리 하면 타수로 보복을 당하는 운동이 골프란다.

"역시 뜻대로 안 되네. 여태 살면서 내 맘대로 안 되는 것은 골프하고…"

그가 입안에 가둔 말이 무엇인지 나는 안다. 언젠가 내게 들려줬던 말이다. 너야, 너.

지후는 거짓말만 하는 놈이다. 어린 시절을 함께 보내는 동안, 그는 해를 따라 도는 해바라기처럼 나를 따라 돌았다. 아니 나 혼자만 그렇게 생각했다. 해가 여기 있는데 해바라기가 어딜 간단 말이냐고, 결국은 내게 진지하고도 아름다운 프러포즈하겠지 하고 안 기다리는 척 기다렸다.

그는 내게 진지한 프러포즈를 하지 않았다. 아니 지후는 자기가 해이고 나를 해바라기로 여겼다. 농담처럼 "지금은 친구지만 나중에는 꼭 부부하자"라고 열 번쯤 말했었다. 크게 웃으면서 내 등을 두드리며 말하기도 했다. 하지만 그가 그런 장난기어린 프러포즈를 여러 소녀에게 했고 나도 그런 프러포즈며 연애편지를 몇몇 소년에게서 받았다. 문예반 반장이었던 지후는 실화를 지어낸 이야기처럼, 지어낸 이야기를 실화처럼 학교 교지에 실었는데, 나를 비롯한 다른 사춘기 소녀들은 모두 자신을 향한 연애고백서라고 믿었다.

첫사랑이란 그런 바보 같고 어리석은 오해에서 균열이 일어난다.

"넌 열 여자하고 같이 살 거야? 얘보고도 부부하재고, 쟤보고도 결혼하재고."

"난, 너만 빼고는 다 장난이었어."

왜 그런 거짓말이 믿고 싶었단 말인가. 지후는 처음도 지금도 믿을 수 없는 남자이다. 회한 가득한 지난 일을 헤집으며,

낙엽무더기를 헤집어 봤지만 공은 보이지 않았다.

"가출한 여자하고, OB 난 공은 찾지 말랬어. 빗나간 인연은 포기허서."

플라스크 뚜껑이 건너왔다. 술잔이라고 하기에는 너무 작다. 5밀리리터 쯤 담길까.

"스코틀랜드에서 양치는 목동들이 끝이 구부러진 작대기로 돌멩이를 쳐서 두더지 구멍 같은데 넣는 놀이가 골프라는 구기로 발전했다잖아. 목동들은 그런 놀이를 하면서 위스키를 마셨을까?"

골프란 초보 딱지를 떼려면 많은 시간과 노력을 헌납해야 한다. 골프란 골프연습 이외에 다른 무언가에 헌신하는 사람에게 싱글핸디캡이라는 명예를 내어주지 않는다. 그래서 그는 골프를 잘 하지 못한다. 아니 골프만 못한다. 지후는 연애는 잘한다.

"스코틀랜드는 바람이 많고 빙하가 내려와 있는 곳이야. 겨울에 혹한을 견디려고 독한 술을 마셨겠지. 스코틀랜드 애버딘에 있는 '시바스 브라더스'라는 회사에서 1801년에 적어도 12년 이상 숙성된 몰트위스키 여러 가지를 섞은 브랜디드 위스키 '시바스리걸 12년'을 출시했잖아. 맛이 어때?"

그는 골프 라운드 할 때만은 내 앞에서 기가 팍 죽는다. 그는 오늘 공이 잘 안 맞는 평계를 떠넘길 희생양을 찾다가 위스키를 모셔왔음이 분명하다.

"술맛? 죽이는데? 그래 이 술을 마시다가 돌아가신 대통령도 있지?"

평생 지후 앞에서는 마음을 감췄기에 이런 이별의 순간이 오면 더욱 할 말이 없어진다. 시선을 멀리 띄우고 걷는다.

지후는 사업을 확장하는 처가의 사업을 맡기 위해서 몽골로 이민을 간다고 했다. 잘 나간다는 중소기업 오너의 사위가 된 그는 멋지게 포장된 크리스마스 선물상자 같은 삶을 사는 줄 알았다. 그러나 그에 관한 소문은 그가 내게 보여주는 겉모습하고는 달랐다. 왜곡되게 편집된 소문이라고 믿고 싶었는데 아닌가보다.

"이민까지?"

"현지법인이어야 해서."

주눅이 잡힌 목소리가 까무러진다. 또, 거짓말일까.

떨어지는 낙엽에 섞여 페어웨이 한가운데를 종잇조각들이

날아다니고 있다. 나는 종이를 줍는다. 북쪽에서 날아왔음이 분명한 전단이었다. 하늘에서 막 떨어지고 있던 전단은 구김 하나 없이 바삭바삭했다. 남북의 분위기가 그리 살벌하지는 않은 줄로 아는데, 전단의 내용은 남한정부에 대한 비방일색 이었다. 전단은 페어웨이 곳곳에 종이비행기처럼 착륙했다 가 다시 이륙하지 못하고 쭈그러지면서 굴러간다.

"북한에서 남쪽으로 바람이 부는 날 삐라 뭉치를 매단 기 구를 띄운다는군. 하늘로 올라가던 풍선은 어느 지점에선가 터질 테고, 그러면 삐라는 눈처럼 흩날리며 지상으로 내려 올 테지."

첫 잔은 추위에 손이 떨려 아까운 술을 흘렸다. 두 번째 잔 부터는 떨리지 않았다. 지후도 첫 잔 때와는 달리 한 방울도 흘리지 않고 내 잔에 가득 부었다. 입안에 털어 넣자 숙성된 블랜디드 위스키의 달콤한 향과 까칠하고 도도한 독한 술맛 이 목을 적셨다.

갑자기 술이 맛있어진다. 내가 언제부터 술을 마셨던가. 누가 내게 처음 술을 권했던가.

내가 아니어도 넘쳐나는 여자를 주체 못하는 지후에게 내가 너무 뻣대었다. 연인이라고 믿었던 지후가 나에게 헌신하는 척만 했던 까닭은 답답하고 낙후된 시골에서 벗어나 도회의 대학을 가게 되면 매력적인 여자들이 들끓으리라고 기대했고, 언제든 시골 촌뜨기와의 사귐은 정리하고 도시의 세련미 넘치는 여자를 사귈 수 있다고 자신했기 때문이다.

서울에서 대학을 다니던 그가 여자 친구를 데리고 고향으로 내려왔을 때, 나는 처음엔 지후의 곁에 내가 아닌 다른 여자가 서 있다는 사실이 낯설고 불편했다. 지금도 내 망막에는 지후가 여자 친구와 한편이 되어 손을 잡고 곧 다른 편으로 나뉘어버릴 나에게 손을 흔들며 서울행 고속버스에 오르는 모습이 영화 속의 한 장면처럼 맺혀있다. 그는 정다운 연인들의 모범적인 뒷모습을 보이며 내 눈앞에서 외계인의 우주선처럼 떠나갔다. 나는 영화관 객석에 앉아 해피엔딩 러브 스토리 영화를 지켜보는 촌스런 시골처녀였다. 지후는 여자 친구에게 나를 '나의 여사친'이라고 소개했다.

물어내, 내 입술, 내 첫 키스 물어내라고.

그를 배웅하고 돌아오는 길에 친구의 집에 들렀다. 혼자 본 영화가 슬퍼서 엉엉 울었다고 했더니, 친구는 아버지의 서재에서 양주 반병을 덜어왔다. 덜어낸 만큼 양주와 색깔이 비슷한 보리차로 채워놓았다. 친구의 집 화단에 웩웩 토할 때까지 술이라는 걸 입에 부어넣었다.

지후가 나 아닌 다른 여자를 반려로 택했다는 사실을 인정하기까지는 지난한 과정을 거쳐야 했다. '닭 쫓던 개'가 아닌 '신포도는 싫어하는 여우'가 되기로 했다. 그를 '닭'이 아닌 '신포도'로, 나를 '개'가 아닌 '여우'로 자존심을 일으켜 세우는 데는 혼란스런 긴 세월이 필요했다.

그 후로 내 일기장에는 '신포도'를 저주하는 글들이 헤일 수 없을 만큼 등장한다. 그런 날이면 그가 내 꿈속에 잠간 들러주기도 했다. 꿈속에서 그는 호숫가 낚시터에서 나누었던 첫 키스보다 더 달콤한 키스를 해주었다. 나도 지후의 꿈을 방문하려 했지만 그의 꿈의 문은 단단한 빗장이 걸려있었다.

그리고 10년도 더 지나서 서울에 사는 고향사람들 골프모임에서 다시 만났다. 그는 그가 원하던 길로 갔고 나도 나름 묵묵히 뚜벅뚜벅 여기까지 나의 길을 왔다.

나는 노래도 못해서 음악실기에서는 꼴찌이다. 그림도 못 그려서 미술실기에서도 꼴찌이다. 자수를 놓아야 하고 요리로 실기 점수를 채워야 하는 가정 과목도 형편없는 양금이 점수를 받았다. 체육도 무용도 아예 못한다. 게다가 예쁘다는 소리도 듣지 못하고 컸다. 오직 내게 예쁘다고, 꽃처럼 어여쁘다고, 몽롱한 눈길을 보내며 말 해준 사람은 지후뿐이었다. 대신에 국어 영어 수학 과학 과목은 전교일등이었다. 갈 길은 딱 정해지지 않았는가. 장학금을 준다는 시골대학에 들어가서 찌그러지듯 틀어박혀서 공부만 했다. 그리고 국가고시에 합격했다.

"지후, 귀골로 잘 생긴 거 빼면 볼게 있니? 니가 백배 나아. 니 인생이 지후보다 더 빛날 거야. 넌 공부가 특기잖아. 공부 열심히 해서 지후보다는 사회에 더 쓸모 있는 사람이 되라고. 너의 성공이 지후에 대한 복수이자 부모에 대한 효도야."

나에게 술 먹여서 웩웩 토하게 만들었던 친구의 충고가 내 삶의 좌우명이었다. 또한 내게 꽃처럼 어여쁘다는 거짓말을 처음이자 마지막으로 들려준 지후에 대한 그리움, 아니 복수심이 내 삶의 원동력이었다.

그가 골프를 한다는 소식을 그의 여동생으로부터 듣고 나는 그와 최소한의 접점이라도 붙들어두려고 골프를 배웠다.

하지만 오늘의 골프 라운드가 우리 생에서 마지막일 것 같은 예감이 짙다. 자꾸 콧날이 매워진다. 아무리 그리움의 물결을 마을을 일순간에 삼키는 쓰나미로 키우고, 복수심의 칼날을 벼려도, 소중한 것은 소중할 뿐이라는 쓰레기 같은 감상이 맷돌처럼 가슴을 눌러왔다. 골프 라운드를 핑계로 일 년에 서너 번이나마 만날 수 있는 상태의 거리감과 비행기 타고 바다건너 멀리 가버린다는 상태의 거리감은 사뭇 다르다. 나는 눈물이 쏟아지려는 것을 참으려고 눈을 깜빡이며 하늘로 시선을 띄웠다.

먼 하늘 저쪽에서 비행기 한 대가 다가오고 있었다. 비행기 꽁무니에는 연료가 타면서 뿜어져 나오는 흰 연기가 꼬리처럼 길게 매달려 있었다.

"저 비행기에서 독가스가 살포된다면…"

하늘에서는 눈도 내리고 비도 내린다. 꽃잎도 날리고 전단도 날리는데, 독가스는 왜 안 된단 말인가.

지후는 퍼팅을 하려다 말고, 생경한 눈빛으로 돌아본다. 그리고 내 시선을 따라 비행기가 지나간 하늘로 눈을 띄운다.

"그런 일이 과연 일어날까? 그런 상상력이 있으니까 그대는 아직도 꾸준하게 창작도 하나 봐."

그랬으면 좀 좋으랴. 그런 상상력이 있기 때문에 창작도 한다는 뜻이 아니라, 사랑하는 사람과 같이 골프를 하다가 같이 독가스 마시고 같이 죽을 일이 일어난다면, 썩 괜찮은 삶의 마감이 되리라는 생각이 문득 들었다. 독가스는 죽음의 소품으로 참 거룩하지 않은가.

지후야, 너의 부재와 내 존재 상실을 애도하기 위한 행동으로서의 창작활동은 고통이었다. 너와 나의 관계가 소멸하여 소실점에 이르기까지 그 고통은 동행했다. 너는 우정이라는 이름으로 나를 붙들고 있었고, 나는 너를 사랑했기에 너를 놓지 못했다. 공유한 시간이 길면 공유한 추억도 많단다. 서로의 에너지가 축적된 우정은 나에게는 넘치는 기쁨이었다. 하지만 진실하게 실존하는 우정은 얼마나 될까. 남녀간의 '우정'이란 '사랑'보다 더 풀리지 않는 숙제이자 간절한 염원인가보다.

언젠가 지후와 나는 노벨문학상을 받은 '가브리엘 가르시아 마르케스'가 쓴 『콜레라 시대의 사랑』이라는 소설에 대해 토론을 했었다.

이루지 못한 첫사랑을 그리워하며 평생을 독신으로 산 남자가 있다. 남자는 선장이 된다. 어느 날 남자가 탄 배에서 페스트 환자가 발견된다. 전염병 환자가 타고 있는 배는 어느 항구에도 닻을 내릴 수가 없다. 배에 물과 음식을 실어주며 먼바다로 쫓는다. 페스트에 걸린 선원들이 하나둘 늘어간다. 급기야는 선장도 페스트에 걸린다. 그때, 첫사랑을 찾는데 온 생애를 바쳐 온 여자가 주위의 만류에도 불구하고 용감하게 배에 오른다. 천신만고 끝에 상봉한 두 연인을 반기는 것은 페스트균이다. 두 연인은 죽기 전에 사랑을 나누어 보려 하지만, 몸은 이미 너무 늙고 병들어서 의지대로 움직여 주지 않는다. 그러나 그들의 죽음을 향한 항해는 지극히 행복하다.

"소설 말고, 현실에서 그런 사랑이 있을까?"

그가 시니컬한 미소를 날리며 묻는다. 그는 지어낸 이야기 속에서나 진실하고 영원한 사랑이 가능하다고 믿으리라.

"난 참사랑이 현실에서도 존재한다는 환상을 붙들고 살아. 없겠지만."

정말 불가능한가. 참으로 그런가.

내가 읽은 추리소설 한 토막을 그에게 들려줬다.

가상 도시의 공원에 상자 하나가 놓여있다. 공놀이하던 호기심 많은 어린아이가 상자를 연다. 상자 속에는 인간에 게만 전염되며 감염이 되면 치사율이 거의 100%인 질병을 일으키는 세균이 들어있다. 도시는 삽시간에 아수라장이 된 다. 이 사실을 안 위정자는 도시를 봉쇄한다. 무장한 군인이 장갑차로 길을 막고 아무도 도시를 벗어날 수 없도록 계엄 령을 내린다. 생필품만 하늘에서 떨어뜨려 준다. 폭탄이 떨 어지듯, 삐라가 떨어지듯 하늘에서 생필품이 내려온다. 시 민이 모두 죽으면 도시 전체를 불태워 버릴 계획을 세운다. 이때 도시밖에 살던 남자가 사랑하는 여자를 구하려고 도시 로 잠입한다.

"소설 속의 주인공은 슈퍼맨이잖아. 슈퍼맨은 불에도 안 타고 병도 안 걸리니까."

지후가 위스키를 자작으로 한 잔 따라 마신다. 하얀 입김 이 그의 얼굴을 가린다.

그는 내게 슈퍼맨이었다. 언젠가 길에서 빈혈로 쓰러진 나 를 업고 병원까지 뛴 적도 있다. 서울로 가는 고속버스표를 못 구해서 전전긍긍하는데 지후가 나타나서 운전석 옆자리 보조의자에 앉혀준 적도 있다. 그가 서울로 아주 가버리기 전까지 언제나 내가 위험에 처하면 어디에선가 지켜보고 있었다는 듯이 달려왔다. 그렇지 않고서야 내가 난감한 지경에 처했을 때마다 어떻게 슈퍼맨처럼 나타난단 말인가. 하긴 슈퍼맨답지 못한 행동도 있었다. 내게 수없이 연애편지를 보내던 초등학교 동기가 있었는데 그 애를 겁을 줘서 아예 내 근처에 나타나지도 못하게 만들기도 했다. 이렇게 보드가드 같은 슈퍼맨은 당연히 나에게 '결혼하자'고 해야 하지 않겠는가.

그는 슈퍼맨일지 몰라도 예나 지금이나 영악한 현실주의자이다. 그는 적어도 소설과 현실을 구분할 줄 안다. 무엇이 실현 불가능한 꿈이고, 무엇이 견뎌내고 돌파해야 할 현실인지 너무도 잘 안다. 그가 문학을 버리고 택한 것은 무엇이었을까. 나를 버리고 택한 사랑을 믿음과 신뢰로 유지하고 있을까.

"역시 취중 골프는 미스 샷 남발이네. 슈퍼맨도 취중에는 헛스윙도 하고 공대가리도 까겠지?"

주인의 의도와는 달리 메추라기처럼 깡충깡충 뛰어가다가

멈춰 서는 그의 공을 바라보며 내가 빈정댔다. 유성 펜으로 까만 점을 찍어놓은 그의 공은 풀밭에 내려앉은 한 마리의 별박이자나방 같다.

알코올은 미스 샷을 유발하지만 또한 간덩이를 부어오르게 하여 평소에는 용기가 없어 마음에만 담아두었던 말들을 입 밖으로 이끌어낸다. 취중에 망언도 하고, 취중에 사랑의 고백도 한다.

"만약에 내가 병균이 창궐하는 지옥 같은 도시에 갇힌다고 가정해 봐. 지후씨가 슈퍼맨이라면 날 구해주겠고, 아니면 혼자 도망가겠지. 지금처럼."

그는 무어라 대답을 하려다가, 주먹으로 눈을 비빈다. 티끌이 눈에 들어갔나 보다. 그의 긴 속눈썹에 눈물이 맺힌다. 설마 우리의 이별이 슬퍼서 우는 건 아니겠지.

나는 상상 속에서 한 편의 공상과학 소설을 쓴다. 지금 하늘에서 떨어지는 삐라는 단순히 삐라가 아니다. 흰 가루가 담긴 작은 풍선 캡슐이다. 풍선이 터진다. 흰 가루는 치사율이 높은 전염병의 병원균이다. 병원균은 살아있는 생명체를 몰살시키는 극약이다. 우리는 경찰과 군인으로 둘러싸여 고립

된다. 백신도 없다. 감염된 우리는 이 지역 밖으로 나갈 수 없다. 여기에서 죽어야 한다…

나는 독약을 마시듯 위스키 두 잔을 거푸 마셨다. 그래 죽자.

인류는 지금도 곳곳에서 전쟁을 벌이며 서로 살상한다. 미국은 전 세계인을 향해 테러와의 전쟁에 협조하라 호소하는 반면, 이슬람의 지도자들은 이슬람 전사들에게 성전聖戰에 참여하라고 독려한다. 신문이나 텔레비전에 나온 이슬람 지도자들은 서늘하다 못해 얼어버릴 것 같은 차고도 맑은 눈에서 강력한 안광을 뿜어낸다. 사진 속의 그가 기관총을 겨누고 있음에도 불구하고 그는 용사가 아니라 신의 계시와 스스로의 지혜에 따라 행동하는 현자처럼 느껴졌다.

그의 추종자들은 그의 사상과 종교적 이념에 맹종하는 자들이다. 그는 그들에게 자살테러의 동기와 명분을 주었으리라. 건물을 파괴하고, 아무 영문도 모르는 선량한 사람들을 죽이고, 나아가서 자신까지도 산화하여 전소되는 자살은 어느 잣대로 재어도 선善은 아니다. 최대의 악을 최대의 선으로 믿도록 하는 힘은 종교적 이념과 절대 사랑 밖에는 없다. 죽

음이라는 최후의 선택은, 자신의 선택이 최선이라는 확신이
설 때 내려진다.

나도 이제는 철이 들어서, 이 세상에는 진실한 사랑도 영원
한 진리도 없음을 깨달아 가는 중이므로 불씨도 남아있지 않
은 재처럼 부질없는 사랑 때문에 자살을 음모하거나, 영원히
진리일 수 없는 이념 때문에 인간폭탄이 되어 내 스스로를 적
진에 투척하지는 않는다. 물론 떠나간 사랑을 원망하며 혼술
로 폭음하며 꺼이꺼이 울지도 않겠다.

전 세계가 무작위로 배포되는 독극물로 인해 전전긍긍하
고 있다. 불특정 다수를 겨냥한 테러가 세계의 도처에서 벌어
지고 있는 이 즈음에, 하늘에서 나비처럼 나풀거리며 내려오
는 전단이 페스트균을 흩뿌리지 말라는 법도 없다.

나는 위스키도 거푸 세 모금이나 마셨겠다 혈기가 올라 풀
밭 위에 얌전히 올라있는 골프공에게 낭창낭창한 회초리를
날리듯 골프채로 온몸을 휘감아 푼다.

"히야. 열심히 칼 간다는 소문 들리더니 실력이 일취월장
했네. 그대가 파온시키는 거 첨 봤어."

그는 명랑하고 투명한 어조로 칭찬한다. 박수도 쳐준다.

그래. 잘 가라. 다시 오지마라. 신포도야. 입안에 신물이 고인다.

그에게 나는 어떤 의미였던가. 지후에게 나는 자기 자신을 돋보이도록 만들기 위한 수단에 지나지 않았다. 자신을 빛내기 위해 이용 가치가 있다는 판단이 들 적에만 관계를 이었으며 반대로 더 이상 자신에게 이용가치가 없게 되자 가차 없이 관계를 끊었다. 그는 요즈음 젊은이들의 연애나 결혼관이 그러하듯 자신의 우월함을 돋우어 줄 이성을 만나고 싶었을 것이다. 자신의 성취를 도와줄 파트너, 그리고 보상으로 주어지는 트로피 같은 파트너를 원했다. 그리고 선택했다. 그러므로 아마 그는 매력적이고 능력 있는 파트너가 트로피 와이프Trophy wife로서의 지위를 상실한다면 파트너를 내칠 준비도 했지 싶다.

하지만 내게 비춰지는 그의 모습은 영 아니다. 그가 트로피 와이프를 뽐냈던 남편이기는 하다. 하지만 그는 문학을 평계로 유의유식하며 전혀 문학적 성과와 업적이 없는 무항산한 백수로 전락했다. 그는 능력있는 여인의 트로피 남편으로 간택되었다가 트로피로서의 지위를 상실했다. 그는 언제나 마주한 자신의 상대를 직시하지 않았다. 비겁하게 상대의 눈에 반향된 자신의 그림자만 보고 있었다. 그래서 퇴출되었다.

"돌아올 거야?"

묻고 보니 주어도 목적어도 없다. 그가 의문의 표정으로 돌아본다. 우리나라에서 퇴출일까, 아내에게서 퇴출일까. 퇴출이라는 단어를 도망이라는 단어로 대체할 수도 있다. 죄를 짓거나 빚을 져서 도망한다면 한동안 못 돌아올 것이고, 자의 출국이라면 얼마든지 자의 귀국할 수 있겠지만, 나는 더 묻지 않기로 한다.

그가 금이 가고 녹슨 트로피에서 반짝반짝 빛나는 트로피로 변신할 수도 있다. 아니면 자신의 트로피가 되어줄 새로운 파트너를 만날지도 모른다. 후자가 더 **빠를** 것 같다.

어느새 마지막 홀이다.

"할 거야?"

마지막 홀에서 지후와 나는 늘 '골프 공 한 개'가 걸린 내기를 했었다. 내기 의향을 묻는 것이다. 오늘도 지후와 나는 17홀까지 플레이하는 동안 타수를 세지 않았다. 마지막 홀은 난이도가 높다. 페어웨이는 길고 좁고 오르막이다. 남녀가 대결

하기로 들면 여성이 불리하다. 예전에도 골프샷에 치중한다기 보다는 그늘집마다 들러 맥주나 막걸리를 마시고 담소와 걷기를 즐겼다. 오늘처럼 음습하고 눈이 흩뿌릴 것 같은 겨울 날씨도 즐겼고, 산소 가득 품은 푸른 공기와 보이지는 않고 뺨만 어루만지며 지나가는 바람과, 홀마다 방긋방긋 웃으며 우리를 맞는 기화요초도 달게 즐겼다. 뇌성벽력 치며 쏟아지는 소나기 때문에 경기를 중단한 적도 있다.

"응, 까짓 공 한 개인데."

우리는 똑같이 세 번째 샷에 그린에 올렸다. 그의 공은 홀컵에서 일 미터 이내이다. 그리고 홀컵까지 이르는 길은 오르막이다. 원 펏에 넣어 파를 할 확률이 크다. 내 공의 홀컵과의 거리는 2미터가 넘는다. 더구나 내리막이다. 쓰리퍼트를 할 수도 있다.

"원타선구遠打先球, 먼저 해."

공과 홀컵까지의 거리가 먼 사람이 먼저 퍼트를 하라는 뜻이다. 그를 이기려고 해본 적도 없고, 이겨본 적도 없는 듯 하다. 하지만 오늘은 이기고 싶다. 야코를 팍 죽이고 싶다. 나는 천천히 퍼팅라인을 잡고 공 앞에 선다. '제발 들어가 주길…'

기도하며 공을 훑어 친다. 공은 브레이크가 걸린 채로 내리막을 주저주저 구른다. 나는 눈을 감고 귀를 연다. 딸랑, 공이 홀컵의 밑바닥으로 부드럽게 굴러떨어지는 소리가 들린다. 기적이다. 아무리 기도했다손 치더라도 거의 불가능했는데….

"놀랍네. 어떻게 그렇게 어려운 공을 넣지? 홀컵은 이미 그대 공이 막아버렸어. You win."

그가 패배를 선언하며 자신의 공을 집어 올린다. 그가 그리 쉽게 패배를 인정했다는 점에 나는 어리둥절해진다.

"니 채가방 포켓에 내기에서 진 사람이 진상해야 하는 공하고, 플라스크 술병 넣어두었어. 우리 다시 만나게 되는 날, 플라스크 술병으로 한잔하게."

그는 채가방이 실린 카트를 끌고 뒤도 안 돌아보고 간다. 너른 주차장은 붉은 노을로 물들어 있다. 주차된 자동차들이 고깃배처럼 노을에 잠겨 흔들린다. 나는 남겨지는 역할을 맡기 싫었기에 골프 라운드를 마치면 언제나 내가 먼저 그에게 뒷모습을 보이며 떠났었다. 하지만 그의 시선은 절대 내 등을 추적하지 않았었다. 그의 손은 내 어깨를 두드려 돌려세우지도 않았었다. 그의 그림자는 끌려가기 싫은지 점점 게으르게 길어진다. 그의 발이, 무릎이 허리가 노을 속으로 스며든다. 생뚱맞게도 그 옛날 호면에서 안개가 끓어오르던 그 저수지 낚시터가 떠오른다.

지후는 가버렸다. 연락도 없다.

겨울이 지나고 새봄이 와서 새로운 골프 라운드에 임하려고 골프가방을 정리하던 날이었다. 가방 포켓에서 플라스크 술병과 아마도 골프공이 들었지 싶은 빌로드 주머니를 발견했다. 지후의 공이었다. 지후는 자신의 골프공을 다른 사람의 것과 구별하느라고 흰색 공에 유성펜으로 까만 점을 찍어 사용했다. 나는 풀밭에 안착한 지후의 공을 보면 풀숲에 내려앉은 한 마리의 별박이자나방이라고 생각했다. 별박이자나방의 별이 박힌 날개 위로 '미래야 사랑해'라는 유성펜 글씨가 선명하게 각인되어 있었다. 건져 올리는 그물이 없어 심저에 얌전하게 머물던 추억 한 뭉텅이가 각혈처럼 울컥 치올라왔다. 신포도를 깨문 듯이 입안에 신물이 고였다.

지후야, 파란 풀이 융단처럼 펼쳐진 몽골의 광활한 초원은 시야에 다 담아지지도 않는단다. 초원의 지평선 우측 끝에서 좌측 끝으로 백 량도 넘는 화물 기차가 백 가지 사연의 길고

긴 이야기처럼 느리게 지나간단다. 칭기스칸의 후예들이 말을 달리는 몽골은 밤마다 유성우가 내린단다. 새까만 하늘에 만개한 동백꽃 같은 별들이 횃불로 타오르다가, 속절없이 하얗게 제 몸을 태우며 하룻밤에도 수천 개씩 떨어진단다.

몽골에도 우리가 고향 땅 냇가 모래밭에 누워 같이 보던 북극성이 빛날까. 국자모양의 북두칠성이 우리의 맑은 꿈을 퍼올릴까. 우리가 포충망을 들고 잡으러 다니던 꽃무늬꼬마밤나방 깊은산부전나비 별박이자나방도 날아다닐까.

몽골의 푸른 초원에서 밤마다 뚝뚝 떨어지는 꽃다운 별을 보며, 종이비행기처럼 날아다니던 전단을, 독가스를, 전염병균을, 그리고 나를, 나와 위스키를 마시며 즐겼던 오늘을, 너는 떠올릴까.

돌아온 첫사랑, 성찬포도주

성찬포도주
https://www.shutterstock.com/image-photo/sacred-objects-bible-bread-
wine-234961003

우리 집의 작은 마당에도 학교 운동장 화단에도 개나리도 진달래도 수수꽃다리도 흐드러지게 피었던 봄이었다.

　산 아래 한옥 마을에 있었던 우리 집은 뒷동산 중턱쯤에서도 집 마당과 처마 아래 마루가 환하게 들여다보였다. 하교하여 책가방을 던져놓고 툇마루에 앉아 눈을 들면 파란 하늘에는 돛단배처럼 뭉게구름이 떠갔고 먼 산은 물오른 나무들이 희망처럼 푸르렀다.

　세수수건을 목에 걸고 우물물 담긴 대야에 손을 담그자 물 위로 동그란 해그림자가 일렁거렸다. 웬 소년이 산 중턱에서 서산의 지는 해를 거울로 받아 남쪽으로 열린 우리 집 마당으로 되쏘고 있었다. 뒷동산에 올랐다가 발아래 내려다보이는 집 마당에 세수하러 나온 여학생이 우연히 낚였나. 짜아식, 장난 거울질이라니.

나는 사춘기를 관통하는 소녀시대에 있었다. 내가 그리 남에게 예쁘단 소리는 못 들었어도 스스로는 내가 꽤 예쁜 아이라고 믿고 있었다. 그 시절 종종 까까머리 남학생이 하굣길에 집까지 따라오며 슬쩍 책가방 속에 쪽지를 넣고 꽤나 부끄러워하며 도망가기도 했고, 성당에서 미사를 마치고 나올 때도 또래의 남자아이들이 쭈뼛거리며 말을 걸고는 했다.

어느 날 학교에서 돌아와 보니, 마루는 분홍색 진달래꽃이 수북하게 담긴 함지박들 때문에 엉덩이를 내려놓을 자리가 없었다. 꽃향기에 머리가 어질어질했다. 어떻게 저리도 많은 꽃이 우리 집으로 왔을까. 꽃은 가지도 잎도 없이 모가지 꺾인 꽃송이들 뿐이었고, 그런 꽃송이가 가득 담긴 함지박이 서너 개였다. 잔 바람결에도 꽃잎이 파르르 떠는 꽃무더기 사이에 마른 꽃처럼 할머니가 앉아계셨다. 할머니는 진달래꽃을 손으로 한 움큼씩 퍼서 커다란 독에 담았고 꽃잎이 다 가려지도록 밥공기로 설탕을 퍼부었다. 설탕이 함박눈처럼 내려앉아 진달래꽃이 눈 속에 묻히면 또 그 위로 설탕이 안 보이도록 목 부러진 꽃송이로 덮었다.

"할머니, 진달래꽃이네요. 예쁘기도 해라. 이 꽃송이로 뭐 하시는 거예요?"

나는 진달래꽃을 한 움큼 집어 머리에도 꽂고 꽃자루를 쪼옥 빨아도 보았다.

"넌 알 것 없다. 할아버지 약이다. 들어가서 숙제나 해라."

할아버지의 약을 만드는데 내가 보면 부정이라도 타는 양 할머니는 나를 방으로 쫓았다. 꽃으로 약을 만들다니. 나는 그즈음 조간신문의 성인용 무협소설을 어른들 몰래 읽고는 했다. 남녀주인공의 이름을 지금도 기억하는 것으로 봐서 얼마나 미혹되어 읽었는지 싶다. 그런 소설 속에서 자주 나오는 불로장생약이나 이성을 정신 못 차리도록 후리는 최음제 등은 꽃을 태산만큼 모아서, 혹은 순결한 여자의 피를 받아서 만들고는 했다. 그런 불로장생주인가.

할머니는 해마다 할아버지를 위한 약이라고 부르는 두견주를 머루주와 포도주를 담그셨다. 그렇게 우리 집에는 할아버지의 약용주가 사시사철 상비되어 있었고 아무도 감히 이를 탐내지 않았다. 내가 성스러운 장소에서 성스러운 방법으로 포도주를 맛보기 전까지는.

우리 집 뒤란에는 닭장도 있고 마당에는 손바닥 텃밭도 있었다. 겨울이면 땅을 파고 겨울 양식인 김칫독을 묻었고, 평생 양식인 간장 고추장 된장 항아리는 단을 쌓아 올린 장독대에서 볕을 받았다. 작지만 광이라고 부르는 곳간이 있어, 독 속에 볏짚을 깔고 홍시를 보관했고, 홍시가 담긴 항아리 옆에는 틀림없이 술항아리도 있었다. 고구마 서리를 하러 컴컴한 곳간에 잠입을 하면, 더 컴컴한 곳에 놓여있던 술항아리 속에서는 보글보글 공기방울이 올라오는 소리, 공기방울이 톡톡 터지는 소리가 났다. 술이 발효되는 냄새, 술이 익는 냄새가 그렇게 좋을 수 없었다.

나는 태어난 지 일주일도 안 되어 엄마의 품에 안겨 가톨릭 세례를 받았다. 성당 부속유치원에 다니던 6살에 첫영성체를 했다. 자라면서 나의 놀이터는 성당 마당이었다. 성당의 본당 건물 뒤쪽에도 본당식구들의 겨울 양식을 보관하는 토굴이 있었다. 토굴 안에는 포도주가 익는 항아리가 있었다. 그리고 어김없이 그 토굴에서는 전쟁 때 죽은 시체의 해골들이 무수히 나왔다는 소문이 돌았다. 아마 성당에서 쓸 양식과 미사용 술의 보안을 위한 경고 소문일 터였다.

먹고 살기가 참 힘들었던 시절이었고, 신발도 설빔으로나 얻어 신던 시절이라, 성당에 예배를 드리러 갔다가 신발을 잃어버리는 일도 잦았고, 미사용 제구가 도둑맞았다가 돌아오던 사건도 있었다. 도둑이 번쩍번쩍 빛이 나서 금인 줄 알고 훔쳤는데, 값이 별로 안 나가는 황동에 금으로 도금한 물건이라 돌아왔을 것이라고들 했다.

하긴 나도 성작과 성반이라 불리는 미사용 포도주를 담는 잔이랑 제병을 담는 그릇은 순금으로 만들어진 줄 알았다. 순금이 아니고서야 그렇게 자체적으로 발광할 수가 없다고 생각했다. 예수님의 성혈과 성체가 담긴 성작과 성반은 바라보기만 해도 숙연해져서 경건한 마음으로 우러르고는 했다.

가톨릭 학생회의 셀 모임이 있던 날이었다. 지루한 셀 모임의 성경공부가 끝나고, 미사예식이 이어졌다. 항용 미사예식은 본당 건물에서 이루어지지만 그날은 예외적으로 사제관 학생 회의실에서 미사 예배를 드린다고 했다. 나는 나의 역할인 성경구절을 봉독하고는 얼른 맨 뒷자리로 돌아왔다. 좀 졸기 위해서였다.

신부님의 강론이 끝나고 성찬전례로 흘러가고 있었다. 복사학생이 커다란 빵 한 덩어리와 포도주가 담긴 주전자를 신부님에게 건넸다. 신부님은 빵 한 조각을 먼저 떼어 드시고 잔에 포도주를 조금 따라 드셨다. 복사학생이 빵과 포도주를 앞자리부터 차례로 뒷자리로 넘기는 모습은 막 졸음의 너울 자락이 덮이는 흐린 눈에 담겼다. 앞자리에 앉아있던 학생들은 뒷자리 학생들에게까지 빵과 포도주를 골고루 돌아가게 배려하느라고 빵은 손톱만큼만 떼어 먹고 포도주로는 혀만 축이는 것 같았다. 나는 점점 심오한 묵상에 빠지고 있었다.

성찬의 예식이 진행되는 동안에도 학생들은 신부님께 성경의 구절에 대해 질문했고, 신부님은 열과 성의를 다하여 설명하셨다. 셀을 지도하던 신부님은 이제 막 부제서품을 받아 부임하셨는데, 무엇보다도 학생신도들과 친하게 지내려고 의욕적으로 노력을 기울이는 분이셨다. 그러는 사이 맨 뒤쪽에 앉아 있던 나에게까지 빵과 포도주가 담긴 주전자가 전달되었다.

"소피아, 이거 마셔."

옆자리의 한 학년 선배가 내 어깨를 꽉 잡으며 말했다. 나는 묵상 중 영성이 도저해져서 의자에서 떨어지며 앞으로 꼬꾸라지려는 찰나였다. 다가오는 잔을 엉겁결에 받았다. 그리고 꿀꺽 마셨다.

"와아, 이거 뭐야 맛있당."

묵상의 심연에서 빠져나왔다. 잠이 팍 깼다.

"나도 한 잔 줘야지."

나는 선배의 명령에 그녀에게 잔을 건네고 주전자 안의 내용물을 가득 따라 주었다. 그녀도 꿀꺽 마셨다.

"이것도 먹어."

그녀가 다른 손에 들고 있던 빵을 한 움큼이나 떼서 내게 줬다. 나는 배도 고팠던 차라 빵을 한입 가득 욱여넣었다. 그녀도 남은 빵을 쩝쩝 먹었다.

곧 나는 묵상에서 완전히 빠져나와 맑은 정신으로 선배가 따라주는 남은 액체를 마셨다. 그녀는 내가 따라 주지 않으니까 자작으로 마셨다. 복사학생이 남은 술과 빵을 수거하여 사제실에 가지고 가야 했는데, 그날의 복사학생은 성경토의에 열을 올리느라 뒷자리에서 술과 빵으로 상을 차려 큰잔치를 벌이는 줄도 몰랐었다.

미사를 마치고 밖으로 나오니까 무릎이 휘청거렸다. 어지러워서 몸을 가누지 못하다가 무언가를 짚었는데, 성당 건물 옆에 세워진 성모마리아 석상이었다. 내가 짚은 곳은 성모마리아의 발이었다. 성모마리아는 뱀의 머리를 밟고 있었다. 사악한 뱀이 성스러운 마리아의 발가락을 꼭 물고 있는 듯이 보였다.

호주머니에서 크레용이 만져졌다. 꺼내보니 빨간색 크레용이었다. 나는 초등학생들의 주일학교 보조교사도 맡고 있었기 때문에 가끔 내 주머니에는 초등학생용 문구들이 발견되고는 했다. 나는 마리아의 발가락에 색칠을 했다. 희고 신성한 발가락이 선정적인 발가락으로 변했다. 다 보고 계셨는지, 아니면 누가 고자질을 했는지, 하늘 멀리에서 '성스러움을 훼손하지 말라'는 꾸짖음이 들려와서 고개를 들었다. 성모상의 머리 위로 광휘처럼 낮달이 걸려있었다.

그해, 크리스마스 때였다.

"소피아, 네가 크리스마스 파티에 쓸 포도주 가져와라."

지금도 그 선배가 내게 왜 그런 명령을 했는지 알 수 없다.

좌우간 나는 성당에서 학생미사에 쓸 포도주가 부족하다는 말도 안 되는 핑계를 댔더니, 할머니는 한 되들이 주전자 가득 포도주를 퍼주셨다. 물론 우리들은 집에서 가져온 포도주로 잔치를 벌였다.

집에서 담근 포도주는 미사용 포도주와는 전혀 맛이 달랐다. 의미도 비교할 수 없었다. 성찬포도주가 거룩하고 경건하고 우아한 느낌을 자아냈다면, 집에서 담가 밥상에 오르는 약용포도주는 달고 시큼했고 무겁고 탁하고 독했다. 공기의 노출이 지나쳐서 포도 안의 당분이 과다 숙성하여 맛은 감미로웠지만 혀에 끈적끈적하게 남았다. 잼처럼 졸아진 농익은 과일 향이 애매하게 목과 코에 감겼다. 타닌이 너무 많아서 안쪽의 목구멍이 바싹 마를 만큼 신맛이 났다. 발효가 지나친 포도주스 같다고나 할까. 음악으로 따지면 남도 바닷가의 판소리 창唱 같았다.

집에서 가져온 할아버지 전용의 약용포도주를 마시고 나서야, 처음 마셨던 성찬용 포도주의 맛과 향이 얼마나 각별했는지 깨달았다. 전관이 명관임을, 떠나간 첫사랑이 진정한 사랑이었음을 그제야 알게 되었다.

처음으로 경험했던 성찬용 포도주의 맛은, 첫 키스였다. 혀를 감미롭게 적시던 신비한 맛이 코의 점막에는 미묘한 방향으로 스몄었다. 서정적인 선율의 아리아가 가슴에서 은은하게 휘돌았다. 벨벳처럼 부드럽고 달콤한 꽃다운 맛이었다.

알 것 같았다. 성당에 침입한 도둑은 신발이나 성작 성반 등의 물건을 노리는 도둑이 아니었을 것이다. 성작에 담긴 포도주, 죽은 시체가 나왔다는 소문이 퍼지고 있는 토굴에서 익고 있는 포도주를 노렸음이 분명하다.

탈무드의 일화인지는 불명이나, 악마가 포도농장에서 일하는 농부에게 소원을 물으니 "포도농사가 잘되어 좋은 포도를 수확했으면 좋겠다"라고 말했다. 농부를 골탕 먹이려는 악마는 각종 짐승의 시체를 모아 포도밭에 묻었고 그해 풍부한 자양분을 섭취한 포도농사는 대풍이 들었다. 그 대신 포도주를 마시고 취하면 사람이 짐승처럼 변하게 된다고 한다.

첫사랑은 떠나고 어느덧 세월이 흘러 흘러 나는 무슨 술이든지 어떤 사랑이든지 향유할 수 있는 성인이 되었다.

나는 야금야금 세상의 술을 다 섭렵해 가고 있었다. 해산물

요리에는 백포도주를, 육류요리에는 적포도주를, 그리고 마지막 입가심 술로는 꼬냑을 마신다는 미식가들의 저녁식사에도 초대를 받아 봤고, 햇포도로 만든 와인 보졸레누보가 출시되는 날을 기념하여 열리는 보졸레누보 파티에 참석하기도 했었다.

포도주의 숫처녀 보졸레누보를 맛보는 파티에서 만난 남녀가 첫눈에 사랑에 빠져서 야반도주 줄행랑을 쳐서 인생을 조지는, 그러나 사랑에는 여한이 없다는 소설도 지어냈다.

내가 맛본 성찬포도주는, 음주허용법적 연령에 도달치 못했던 10대 소녀의 눈도 멀고 귀도 먼 사랑이었다. 로미오와 줄리엣 같은 죽음에 이르는 눈먼 사랑이라니. 상상만으로도 황홀해서 가슴이 터질 것 같았다.

문득, 또 문득 빌어먹을 첫사랑이 떠올랐지만, 오감으로 느끼던 추억만 간직하자 했다. 더구나 내 주위에는 나를 유혹하는 사탄과 천사의 사생아 같은 술, 와인들도 많았다.

─그까짓 미사주, 홍, 칫, 내가 처음 맛보았으니까 멋모르고 좋았던 거지, 지금 마셔보면 실망할 거야, 첫사랑 애인 다시 만나보고 실망 안 한 사람을 내가 못 봤다. 홍─

시간의 강물에 추억마저 실어 보냈다.

성찬포도주를 '마주앙'이라는 이름으로 다시 만난 것은 그 뒤로도 강산이 여러 번 변한 후였다.

내가 시동생신부님이라고도 부르는 신부님은 수정엄마의 시동생이다. 수정엄마는 30대에 청상과부가 되었다. 형을 잃은 슬픔이라기보다 남편을 잃은 형수님이 가여워서 시동생신부님은 많은 시간을 조카들과 놀아주기도 하고, 형수님하고도 많이 놀아줬다.

수정엄마는 나와 가장 친한 친구였다. 성당의 구역장이기도 했고, 내 아이들이 다니는 학교의 같은 학부형이기도 했다. 성당에서 아이들 학교에서 레지오마리애에서도 만났다. 시동생신부님과 그의 친구신부님과 수정엄마와 내가 어울려서 골프도 하러 다녔다. 골프 라운드를 하면서 신부님 돈을 따먹으면 '지옥행 특급열차의 특등석 예약 완료'라고 해서, 내기가 걸린 라운드에서는 언제나 져 줬다. 아니 실력이 없어서 졌다.

어느 날 신부님이 내게 미사주 마주앙 2병들이 한 세트를 주셨다.

그때까지만 해도 미사용 포도주를 다시 만난다는 설정은 내 술 인생에서는 없었다. 미사용 포도주를 각 본당 별로 담그는 것이 아니라, 가톨릭교구에서 '오비맥주' 회사를 통하여 일괄적으로 '마주앙'이라는 와인을 내놓고 있다는 사실은 알고 있었다.

1977년부터는 오비맥주에서, 현재는 롯데주류에서 미사주를 생산하지만 시판하지는 않고 전량 한국천주교 미사주로 봉헌한다고 한다. 더구나 현재 미사주 마주앙은 살아있는 전설을 넘어 거룩한 와인으로 로마교황청에서도 인정받았다. 그러므로 내 손에 닿을 수 없는 줄 알았다. 장발장처럼 목숨을 걸고 성당으로 훔치러 들어가면 모를까.

본당신부님이 술을 즐기시는 분이면 가끔 식사 때 반주로도 미사주를 소비하고, 선물용으로도 소비한다는 정보도 귀동냥으로 들었지만 이렇게 내게까지 차례가 올 줄은 몰랐다는 말이다. 술을 안 마시고 못 마시는 우리의 시동생신부님은 성찬용이 아니면 미사주 마주앙을 소비하지 않기 때문에 본당에 배정된 분량에서 여분이 있었다고 했다.

또한 골프 라운드 내기에서 허구한 날 돈을 잃는 나를 긍휼히 여기시어 미사주를 내리셨을 게다.

오오, 돌아온 첫사랑이여.

타임캡슐, 백골이 진토되어 넋이라도 있고 없고···

영화 〈화양연화〉의 주인공 차우가 앙코르와트 사원의
돌기둥 구멍에 붉은 꽃 한 송이를 넣고 입맞춤으로 봉인하는 모습
https://blog.naver.com/uucci/223015442903

"김 작가, 이달 마지막 일요일에 특별한 약속이 없으면 등산 갑시다."

"어쩌나. 산행 선약이 있어요."

박 화백의 데이트 신청을 나는 가차없이 단칼에 잘랐다.

"거절의 구실로 없는 선약 거짓으로 만들지 말고, 이번에 내가 특별한 경험시켜 주려고 초청하는 거니 암말 말고 따라오세요."

특별한 경험이라는 유혹에 슬쩍 넘어가고 싶었지만, 내 말이 거짓이 아니라는 발명이 필요했다.

"선약의 주범은요. 저산低山 즉 낮은 산을 등반하는 저산동

호회예요. 주로 저산의 험산준령을 등반하지만, 가끔은 저 멀리에 있는 저산을 바라보며 더욱 낮은 곳에서 술을 벗하여 인생을 논하며 풍류를 즐기는 모임입니다."

여름에는 등산보다는 산 밑의 물소리 좋은 계곡에서 평상이나 펴고 닭이나 잡아먹고, 겨울에는 산 밑 저수지 얼음낚시터에서 갓 잡아올린 빙어 안주 삼아 술 한잔하며 문학과 철학과 시국에 대해 토론하고는 했다.

"우리 산행모임에서 작년에 우이암 뒤편에 타임캡슐을 묻었어요. 이달 마지막 일요일이 타임캡슐을 개봉하는 날이에요."

"오잉, 타임캡슐요? 그 안에 무엇을 넣었어요?"

"안 알려 줄 계획이었는데, 안 알려 주면 안 따라나설 것 같아서 알려드릴게요."

그가 계속 뜸을 들이며 시간을 끌었다.

"빨랑 말해 봐요. 지금 저산동호회 버스 탑승 인원 점검한다며 참석 여부 통보하라는 문자 들어와 있어요. 빨랑요."

"술, 술, 술입니다."

박화백은 마지못해 알려주었다.

타임캡슐은 한 시대를 대표할 수 있는 각종 기념비적인 물건들을 특수 용기에 담아 땅속에 보관, 일정 기간이 지난 후에 후손들에게 개봉토록 하는 인류문화유산 보존 방법이다. 1938년 미국 웨스팅하우스 전기회사가 뉴욕에서 열린 세계박람회를 기념하기 위해 세계를 상징할 수 있는 물품들을 선정하여 땅속에 묻으면서 타임캡슐이란 신기한 용어가 등장했다.

우리나라에서도 서울을 도읍으로 정한 지 600주년이 되는 1994년 11월에 서울정도기념사업의 일환으로 타임캡슐을 매장했다. 훗날, 서울정도 1,000년이 되는 400년 뒤인 2394년에 개봉할 예정이다.

그즈음이면 나는 백골이 진토되어 넋이라도 있고 없고… 가 되리라. 그러므로 가까운 곳에서 타임캡슐을 개봉하는 행사가 있다는 데야, 타임캡슐 안의 묵은 술을 시음시켜 준다는 데야, 아니 갈 이유가 없었다.

내가 읽은 소설 속에는 이별하는 남녀가 10년 뒤 혹은 20년 뒤 다시 만날 것을 굳게 약속하며 타임캡슐을 묻는 장면들이 있다. 소설 속의 지어낸 사연이 대체로 그러하듯, 그들은 정한 기한이 오기도 전에 혼자 찾아가 타임캡슐을 없애거나, 속의 내용물을 바꿔치기하거나, 타임캡슐이 유실되거나, 사망 소식을 듣고 타임캡슐을 파 보았더니 죽음을 예감한 그녀가 유서를 써 놓았더라거나…. 머 그랬다.

조선시대를 배경으로 한 연애영화를 보면 집 밖 외출이 제한된 낭자의 집 담장의 돌 틈에 편지를 넣어두는 도령이 등장한다.

내가 중학교 다닐 적이었던가, 그 친구와 내가 조선시대 도령이 쓰던 서신 전달 수법을 따라 했다. 어느 날 비가 내려 편지가 물에 젖어 찢어지고 떠내려가 버렸을 때, 우리는 좀 더 완벽한 기술을 연구해야만 했다.

그리고 찾아냈다. 알루미늄 보온병이었다. 일반인의 출입이 뜸한 뒷동산 비각의 주춧돌 뒤쪽의 땅을 파고 알루미늄보온병을 살짝 묻은 다음 판판한 돌로 덮어놓았다. 그는 그 안에 만날 시각과 장소를 넣은 쪽지를 넣었고, 가끔은 사탕이나 작게 접은 종이학 그리고 자신이 손수 만들었다는 조개 팔찌 등도 넣어 놓았었다.

인터넷이 없던 시절, 핸드폰이 상용화되지 않던 시절에는 남녀가 대면하기 위한 비대면 소통 기술이 유선전화거나 편지이거나 지인을 통한 전언 등등밖에 없었다. 하지만 눈이 빠지게 보고 싶어 상사병이 걸릴 지경이면 그녀가 다니는 길목이나 집 근처를 찬바람을 맞으며 서성거리기도 했다.

〈화양연화花樣年華〉는 2000년 왕가위 감독이 연출하고 양조위와 장만옥이 주연한 제53회 칸국제영화제 남우주연상과 기술대상을 수상한 영화이다.

같은 날 한 건물의 벽을 공유하는 두 아파트로 두 부부가 이사를 오면서 극은 시작한다. 60년대 윤리 정서에 기반을 둔 영화의 두 주인공은 비록 자신의 배우자끼리 외도하고 있다는 사실을 알게 되었는데도 섣불리 가정을 버리는 행동으로 나아가지 못한다. 자신들은 그들과 다르다는 것을 되뇌며 괴로워한다. 두 남녀의 도덕적 자정의식은 아이러니하게도 이 영화가 선사하는 가장 높은 차원의 메시지이다.

왕가위 감독은 진흙탕 같은 불륜의 거친 이미지는 올이 촘촘한 체에 걸러내고 비단처럼 결이 곱고 애틋한 심리만을 담아냈다. 그래서 영화에 몰입하면 할수록 서사는 삭제된 듯 지워지고, 꿈결처럼 흘러가던 이미지만 뇌리가 아닌 심장에 쌓인다.

영화의 제목 '화양연화'는 인생의 가장 아름답고 행복한 시절을 뜻하는 말이다. 하지만 끝내 이루어지지 못한 사랑을 나눈 연인들이, 훗날 자신들의 가장 아름다웠던 한때를 절절한 회한으로 돌아보는 장면은, '인생의 가장 행복한 시절'을 뜻하는 영화 제목이 두 남녀에게는 '가장 불행한 시절'이었다는 역설적인 은유를 담고 있다.

이 영화의 지적 도덕적 미적인 정조는 사랑의 완성이 아니라, 흘러가버린 사랑, 즉 이별이다. 이들이 가장 적극적으로 자신의 감정을 표현하는 순간은 이 부도덕한 마음의 부채를 떠나보낸 10년 뒤에 찾아온다. 여주인공 수리첸은 다시 찾은 아파트에서 창밖을 보며 눈물을 짓고, 남주인공 차우는 앙코르와트 사원의 돌기둥 구멍에 붉은 꽃 한 송이를 넣고 이루지 못한 안타까운 사랑인 양 가슴속 비밀을 속삭인다. 그리고 회한의 정서를 머금어 긴 입맞춤으로 봉인한다. 그 입맞춤으로 생동하는 붉은 꽃잎이, 자신의 지나간 사랑이 영원히 시들지 않기를 절절하게 기대하면서.

세상의 사람들이 남에게 자랑하고 싶기는 하나, 들키면 치욕스런 사건이 세 가지가 있다는데, 하나가 음주운전이요. 두 번째가 탈세이다. 그리고 나머지가 불륜의 사랑이다.

나는 화양연화를 보면서, 60년대 홍콩 거리의 어스름한 가로등 불빛, 주점의 자욱한 담배연기, 물이 끓는 주전자에서 피어오르는 김, 먼지 가득한 유리창 뒤편에서 조각배처럼 떠다니는 주인공들의 몽환적인 이미지를 눈물 맺힌 눈으로 좇았다. 볼 적마다 가슴이 먹먹해지게 감정이입에 빠져서 그 느낌을 나 혼자만 간직하고 싶었다. 그러면서도 '너에게만 알려주는데…' 하면서 은밀하게 자랑하고 싶기도 했다. 불륜의 사랑처럼.

결과부터 말하자면, 박 화백과의 타임캡슐 개봉식은 가지지 못했다. 약속한 날 아침부터 소나기가 내렸기 때문이다. 박 화백이 나에게 보여주고 싶었던 음식과 술은, 묵은지와 막걸리 그리고 나를 위해 따로 감춰둔 위스키였다.

그는 수유리에서 태어났고 성장했다. 수유동 동명의 유래는 북한산 골짜기에서 흘러내리는 물이 이 마을로 넘쳤기 때문에 '물 수水' 자와 '넘칠 유踰' 자를 써서 붙여진 이름이라 한다. 우리말로는 '물이 넘친다'[水踰]고 하여 '무너미'라고 부르게 되었다고 한다.

그는 동네 뒷산인 도봉산을 매일이다시피 오르내렸고, 저절로 동네친구들이 결성한 그 이름도 우악스런 '우이암 산악회'의 일원이 되었다. 산행을 마친 산악회원들과 산날맹이 주막에서 녹두지지미에 묵은지 안주로 막걸리 한 사발씩 나누는 쏠쏠한 재미도 생겼다고 들려주었다.

추운 겨울이 다가오는 어느 가을날, 한 친구의 기막힌 제안으로 막걸리 한 동이와 김장김치 한 항아리를 지게에 져 올려서 우이암 근처 비밀 아지트에 묻으며 '우이암 산악회 타임캡슐' 매장식도 가졌다. 그리고 꽃 피는 봄에 개봉하자 약속하고, 소풍날을 기다리는 어린이처럼 매일매일을 그리운 술 생각에 입맛을 다시며 상상만으로 즐거워하고 있었댔다.

그리고 며칠 후, 나는 그의 부음을 들었다. 사망원인은 심정지였다.

장례식장으로 달려갔다. 그의 부인은, 말씀 많이 들었어요, 라고 했고, 그의 딸은, 와주서서 고마워요 쿨쩍쿨쩍 쿨쩍

쿨쩍, 고장 난 수도꼭지에서 물이 새듯이 끊임없이 눈물을 흘리며 말했다. 나도 와앙, 소리 내서 울고 싶었지만 찬물에 적신 수건으로 뜨거워진 눈시울만 식혔다. 그가 나를 위해 남겨둔 타임캡슐 속 위스키의 존재를 알고 있을 산악회 동네친구들도 빈소에 있었지만 위스키의 안부에 대해서는 묻지 못했다.

1975년 여의도에 국회의사당을 지을 때 본청 건물 앞에 두 마리의 해태상을 놓기로 했다. 전설의 동물 해태는 불을 먹기 때문에 상징적인 해태상을 세우면 화재를 예방할 수 있다는 속설을 따랐기 때문이다.

이처럼 위대한 기념비적인 일에 참여하게 된 회사는 해태를 브랜드로 내세운 해태제과였다. 해태제과는 암수 한 쌍의 해태석상을 만들며 타임캡슐도 같이 만들었다. 해태석상 아래에 땅을 파고 각각 36병의 와인을 넣은 타임캡슐을 만든 뒤 석회로 단단히 밀봉했다. 해태의 노블와인은 묻어둔 지 100년이 지난 2075년에 꺼내어 개봉하기로 했다. 그즈음에 나는 백골이 진토되어 넋이라도 있고 없고… 가 되리라.

개똥밭에 굴러도 이승이 좋다더라는 원색적인 속담이 떠

오른다. 나는 칵테일 바 세라비의 목로에 앉아 위스키를 주문하고 〈화양연화〉에서 대미를 장식한 OST, 낫킹콜Nat King Col의 노래, 키사스, 키사스, 키사스Quizás, quizás, quizás를 신청한다. 그리고 바텐더에게, 날이 갈수록 더 깊어지는 사랑의 기억을 간직한, 영화 속 차우의 대사를 독백한다.

"옛날엔 감추고 싶은 비밀이 있다면 어떻게 했는지 모르죠? 산에 가서 나뭇등걸 밑에 구멍을 파고 자기 비밀을 속삭이고 진흙으로 봉했대요. 비밀은 영원히 가슴에 담고요."

키사스, 키사스, 키사스… (아마도, 아마도 아마도….)

그리운 분 찾아드립니다

아, 그리운 어린 날의 친구여
https://www.shutterstock.com/image-photo/united-hands-young-females-stylish-
girlfriends-459695089

−그리운 분 찾아드립니다. −

정류장에서 버스를 기다리는 내 시선이 닿는 높이에 붙어 있는 전단에 쓰인 글의 내용이다. 밑 부분에는 개인 휴대폰 전화번호가 붙어있었다.

고향친구와 오랜만에 만나서 '그리운 첫사랑 찾기'에 관해서 수다 삼매경을 하느라 배를 붙잡고 뒹굴면서 웃어서 힘이 다 빠진 상태로 돌아오는 길이었다.

우리는 수십 년 동안 지겹게도 친구였기 때문에 그녀의 첫사랑 두 번째 사랑 세 번째 사랑 네 번째 사랑도, 언제 어디서 어떻게 만나서 어찌하여 헤어지게 되었는지 다 알고 있는 터였다. 그녀는 지나간 사랑은 다 찾아봤고 더 이상 찾을 사람은 없다고 나는 단언할 수 있다.

"누구? 내가 모르는 첫사랑도 있어? 첫사랑 원, 첫사랑 투, 첫사랑 쓰리, 그리고 그 후로 지나간 서너 번의 사랑까지. 내가 이름까지는 기억을 못 해서 번호를 매겼지만."

"니가 내 역사를 다 아냐?"

"그럼 모르냐? 아홉 번째 사랑이 사흘 전에 생겼다면 모를 수 있지."

"애들아, 시답잖은 얘기 그만하고. 지금, 우리가 찾아야 할 사람은 점순이 아니니?"

좌중의 대화를 내가 끊었다. 진짜로 나는 점순이가 그리웠다.

점순이는 거의 20년 동안 연락을 차단하고 숨어버린 친구이다. 그녀가 잠수를 탄 까닭은 우리가, 그중에서도 특히 내가 그녀의 결혼을 결사반대했기 때문이다. 점순이 이름이 언급되자 우리 모두는 점순이와 추억을 회상하느라 갑자기 센티멘탈해졌다.

점순이로 말할 것 같으면, 첫째로 이쁘다. '이쁘다'란 주관적인 평가이기 때문에 내가 보기에 '이쁜 점순이'일지라도 남들에게는 '안 이쁜 점순이'로 여겨질 수도 있다. 그때만 해도 '미쓰코리아'스타일이 점점 미인의 기준이 되어가던 시기라, 키 크고 가슴도 크고 엉덩이 팡팡하며 희멀건한 피부에 눈과 코와 입이 모두 서양 인형을 닮아야만 미인으로 치던 시기였다. 하지만 점순이는 키는 작은 편이고 오동통했다. 동양화 속의 사대부집 마나님, 정경부인 같았다. 친구들과의 대화 자리에서도 언제나 남의 말을 경청하고 웃어야 할 적시에 같이 웃었다. 조용하고 사려 깊었다. 시골에서 엄청난 부자 집안이라, 초등학교 때는 머슴의 등에 업혀서 초등학교를 다녔고, 중학교 때는 머슴이 자전거로 학교까지 모셔가고 모셔 왔다. 고등학교 때는 통학했다.

스무 살도 휠씬 넘은 어느 날 일상적인 모임에서 내가 술을 권했더니, 눈을 똥그랗게 뜨고 상황파악을 못 하는 듯이 나를 바라봤다. 그녀의 얼굴에 쓰인 뜻은 '여자가 술을?'이었다.

그녀는 한잔도 안 마셨지만 술값 갹출에서 제일 큰 몫을 했고, 이 모임이 재미가 있었는지 다음 모임에는 자신을 꼭 불러달라고 했다.

"그때는 왜 술을 안 마셨지?"

몇 번인가 만남을 이어가다가, 서로 주량자랑을 하면서 내가 물었다.

"난 우리 할아버지가 하라는 행동만 했고, 하지 말라는 행동은 안 했어. 할아버지가 남학생하고 연애하지 말라고 해서 남학생이 말 걸거나 연애편지라도 받으면 다 할아버지에게 보고해야 했다고. 종아리보이는 치마는 안 되다고 하셔서 내 교복치마길이가 학교에서 제일 길었어. 뭐 금기가 많았어. 근데 술 담배 하지 말라는 말씀은 없으셨지. 당연히 나같이 모범적인 양반집 손녀딸이 술과 담배 곁에는 안 갈 줄 아셨으니까. 그래서 그날 순간적으로 술을 먹어도 되는지 망설였어. 니가 그다음 번 모임에 날 불러서 술을 멕이지 않았으면 나 지금까지 술 한 잔의 경험도 없을지 몰라. 근데, 마셔보니까 난 울 할아버지 아버지의 주당 DNA를 제대로 물려받은 것 같아. 자 마셔, 오늘도 내가 너보다 한 병은 더 마셨을 거야."

점순이는 그렇게 인생의 갖가지 맛을 배워가고 있었다.

"난 춤 배우고 싶어. 한국무용도 좋고, 에어로빅도 좋고, 스포츠댄스 같은 것도 좋고. 좀 같이 학원에 등록할래? 용기가 없어서."

그녀는 오래전부터 '춤'에 대해 이야기를 해왔다.

"할아버지 환갑날이었는데, 울 엄마하고 할머니는 부엌에서 음식 만들고 잔치 준비하느라고 기름 냄새 풍기며 재를 뒤집어쓰고 일하시는데, 어디서인지 요란한 한복 차림을 한 기생들이 한 떼가 온 거야. 할아버지 양편으로 앉아서 술치고 안주 집어서 입에 넣어주고, 그러다가 마당에 내려가서 춤추고 북소리에 맞춰 창도 하더라고. 근데 울 할아버지가 술도 오르고 흥도 오르시는지 멍석 깔린 마당으로 내려가셔서 기생 무희들 사이에서 덩실덩실 춤을 추시는 거야. 나는 멍석 가장자리에 이쁘게 꼬까옷을 입고 서 있었는데, 할아버지가 내 손을 잡고서도 아리랑 아리랑 하시면서 춤을 추셨어. 자라면서 난 울 할아버지 앞에서 정말 멋들어지게 춤을 춰드리고 싶다고 생각했어. 할아버지는 여자가 춤을 추는 것은 기생이나 하는 상스러운 짓이라 생각하고 계셔서 내가 춤을 배우고 싶다고는 말씀을 못 드려."

우리는 옳거니 좋거니 짝짝 하이파이브를 하고 한국무용학원에 등록을 했다. 한 달 만에 에어로빅으로 이전등록을 했다. 다시 한 달 만에 방송댄스, 다음으로 나이트댄스, 그리고 다음 순서는 필드 경험, 즉 나이트클럽 순방이었다.

첫 번째 나이트클럽의 방문은 남동생과 함께였다. 그리고 도 몇 번은 더 놀러갔지 싶다.

"니들 결혼하면 난 한국에서 안 살고 어디든 이민 갈 거야."

"왜?"

"니들 결혼하면 난 혼자 남잖아."

"너도 결혼하면 되잖아."

"난 한 번도 남자하고 일대일로 만나 본 적이 없어. 일대일로 차를 마시거나 밥을 먹거나 술 같은 건 더욱 마셔본 적이 없어. 할아버지께서 좋은 신랑감 찾아 줄 테니 조신하게 있으래서, 모든 기회를 차단하다 보니 난 토요일이나 일요일도 집에 혼자 있잖아."

그 말은 사실이었다. 토요일이나 일요일도 그녀는 언제나 집에서 전화를 받았다. 예외는 없었다.

그렇게 자신은 할아버지가 골라주는 배필과 결혼을 하든지, 아니면 죽는 날까지 혼자 살아야 할 것 같다던 점순이가 맨 먼저 결혼을 한 것이다. 그것도 나 때문에 맺어진 남자하고 결혼을 했다.

"맞아. 우리 점순이, 누가 소식 아는 사람 있어?"

점순이와 추억이 너무 그리워 눈물이 나려 하는데 친구가 물어왔다.

"소식 알면 진즉에 전했지. 종욱이는 쉽게 찾을 수 있겠지만."

나는 친구의 '그리운 첫사랑'이 아니라 '그리운 점순이'를 찾기 위하여 휴대폰 카메라로 그 전단을 찍었다. 집으로 돌아와 그 전단을 한참 들여다보다가 요즈음도 그리운 사람을 못 찾나 싶은 생각이 들었다. 현시대는 SNS가 과하게 발달하여 숨바꼭질이라도 하려고 일부러 꼭꼭 숨은 사람이 아니면 다 찾아진다. 죽었어도, 이민을 갔어도, 와병 중이어도, 심지어는 교도소에 영어의 몸으로 있는 사람도 소식은 알 수 있다. 하지만 점순이는 어떠한 SNS 활동도 안 하는 오로지 전업주부인지 몇 번 인터넷을 뒤져봤지만 검색의 그물에도 안 걸렸다.

영화와 관련된 일 언저리에 있을 것 같은 점순이의 남편 박종욱을 수소문해 봤다. 어렵지 않게 찾아졌다. 이름도 'Hollywood Park'으로 바꾸었다.

개명하는 사람들을 보면 더 나은 인생을 위해 개심회개하려는 인상이 풍기는데, '헐리우드 곽'이라는 개명은 갱생의 삶이 아닌 한술 더 진보한 바람둥이임을 만방에 알리려는 혐의가 짙어 보였다. 지가 연예인이냐, 헐리우드 곽이라니. 웃겨.

"곽사장 와이프랑 나하고 엄청 친한 친구였는데, 내가 결혼 반대를 했더니, 나하고 절교하고 둘이 결혼했어요. 곽 사장에게 내 폰번호 알려주고, 와이프에게 전해주라고 해줘요. 종욱이, 아니, 헐리우드씨가 내 친구마저 세뇌시켜서 20년이 다 되도록 나를 미워한다면 전화를 안 할 테고."

며칠 안 있어 점순이에게서 전화가 왔다. 울먹울먹 몇 마디 나누다가 만날 약속을 했다.

마주 앉게 된 친구 점순이는 누구보다도 행복한 듯했다. 20여 년 전보다 더 기품 있고 우아해 보였다. 적어도 경제적으로는 충만한 사랑 속에 있는지, 핸드백 구두 장신구들도 고가의 명품들이었다.

점순이와 결혼한 종욱이는 애초에 나하고 동아리 활동을 같이했었다. 나는 작가지망생이었다. 내가 쓴 시나리오로 실험적인 단편영화라도 만들어 보려고 영화모임에 가입했었고, 종욱이는 즉석에서 메모지에 끄적거린 시나리오로 영화를 만드는 감독지망생이었다. 우리 모임에는 미모를 뽐내는 여자 연기지망생들도 가입했는데 종욱이는 그런 여자들과의 연애가 동아리 가입 궁극의 목적인 양 행동했다.

그즈음 종욱이는 단편영화제에 출품할 영화를 제작하고 있었는데, 나에게 연기자로 출연을 부탁했다. 종욱이의 여자친구들인 연기자 지망생들은 데뷔한 연기전문가도 아니면서 높은 개런티를 요구해서 섭외를 못 했고, 나처럼 연기자지망생도 아닌 작가지망생을 용도 변경하여 출연시켰다. 더구나 이번 영화의 여주인공은 예쁠 필요가 없다는 모욕적인 말도 거르지 않고 여러 번 지껄였다. 옛날 사진첩 어딘가를 찾아보면 메가폰을 잡고 영화를 찍는 종욱이의 모습과 카메라 앞에서 연기하는 내 모습이 동시에 찍힌 사진이 분명히 있다.

나는 양수리 풀밭에서 실연당한 여자가 자살을 암시하는 연기를 해야 했다. 물안개가 피어오르는 두물머리 강가에서 강소주를 마시며 흐느껴 울어야 했다. 어떤 상황에서 어떤 연기를 해야 하는지도 모르고 멋 내느라 흰 바지를 입고 갔다가 진흙물이 들어서 바지를 버렸다. 털털거리는 시외버스 타고 가서 민박집에서 묵고 꽁보리밥에 된장 비벼 먹으며 고생했는데, 일당도 못 받았다. 나중에 연극표 두 장 받았다.

촬영 일정이 끝나고 철수하기 전날 민박집에서 소주와 막걸리를 마시면서 양은 주전자가 다 찌그러지도록 두드리고 악을 쓰고 놀았던 기억만은 참으로 선명하고 신선하다.

존재하지도 않는 시나리오를 썼다는 작가가 소주를 마시며 하늘에게 종주먹질을 하며 울부짖었다. 젊음의 눈먼 사랑을 한탄하는 것인지, 여자의 이름을 외치며 난장질을 쳤지만 아무도 그를 거들떠보지 않았다.

인연이 닿으려고 이런 일이 일어났겠지만, 내가 점순이하고 만나는 자리에 종욱이가 우연히 나타났고 자연스럽게 합석이 되었고, 넉살 좋은 종욱이가 열심히 점순이에게 약장수처럼 작업을 걸더니, 어느 날 둘이 결혼하겠다고 했다. 세상에나, 나는 둘이서 사귀는 줄도 몰랐었다.

종욱이는 내 친구 점순이에게 어울리는 짝이 아니다. 적어도 내가 판단하기에는 그렇다. 종욱이가 남자 사람 친구라면 거의 만점짜리이다. 하지만 남편감으로는 빵점이 아니라 마이너스 점수이다. 결격사유가 많다. 종욱이는 한마디로 한량 기질이 농후해서 노래도 잘하고 춤도 잘 추고 유머러스하고 재치도 있다. 술자리에서는 분위기 메이커였다. 키가 작고 좀 느끼한 구석이 있기는 하지만 이목구비가 제자리에 크막하게 자리 잡았고 아버지도 부자였다. 하지만 공부는 안 하고 연애 만 했는지 학벌이 약했다. 종욱이가 울 친구 점순이를 만나 기 전까지 자랑삼아 내게 보여준 여자 친구만 예닐곱 명은 된 다. 종욱이의 아버지가 그랬듯이 분명 여자문제로도 마누라 속깨나 썩일 것이다. 그런 저질스런 놈에 비해 울 친구 점순 이는 순진하고 착했다. 규율이 엄한 집안에서 온실의 화초처 럼 자라서 남자하고 데이트를 해본 적도 없다. 내가 울 엄마 에게 점순이를 묘사 설명하면 "어떻게 그런 애가 니 친구니?" 라고 하신다. 우리 엄마는 나처럼 조신한 딸 곁에 더욱 조신 한 친구들이 한동아리 모여 있는 줄 모르신다.

좌우간 종욱이가 나이트클럽에서 밤새고 놀다가 들어와서 눈에 인공눈물을 넣고 흘리며 한다는 소리는, 지난번에 돌아 가신 영구네 아버지가 부활했다가 또 돌아가셨다고 엉너리를 쳤고, 점순이는 그 말을 믿는, 믿을 수 없는 바보였다. 그렇다면 종욱이가 나이트클럽에 갔었던 사실을 내가 어찌 알았겠는가. 내가 현장에서 '그놈이 노는 꼬라지'를 두 눈으로 똑똑히 봤다. 종욱이는 내가 점순이에게 이를까 봐 내 술값까지 내줬다. 뇌물을 받은 나는 점순이에게 꼬아 바치지 않았다. 그 자리에서 종욱이와 나는 서로 짬짜미 동맹을 맺었다. 서로의 미친 짓에 대해 배우자에게 함구하기로.

종욱이는 그런 거짓말도 잘 믿어주는 점순이와 결혼하면 세상이 지 맘대로 될 것 같아서 현모양처형인 점순이에게 청혼을 한 모양인데, 친구 된 입장에서 그 결혼 아니 막을 수가 없었다. 그래서 결혼 날짜는 아직 안 받았다기에 종욱이에게 전화로 협박했다.

"니가 어떤 짓을 하고 다닌 줄을 내가 아는데, 감히 내 친구하고 결혼하겠다고? 이 도둑놈아 양심 좀 있어라. 안 된다. 안 돼. 강행한다면 나 머리에 띠 두르고 결혼식장 앞에 드러누워 버릴 거야."

라고 했는데, 종욱이가,

"내가 점순이에게 나의 과거를 낱낱이 고백했어. 앞으로 개과천선하여 착한 남편에 자상한 아빠가 되겠다고 했어. 인생에 가장 결정적인 순간 아니냐. 임팩트 있게 손가락을 단검으로 베어서 뚝뚝 떨어지는 피로 혈서를 썼그등. 그랬더니 점순이가 쓰나미 같은 감동의 물결에 휩싸여서 나의 청혼을 받아줬어. 너, 우리 결혼에 초치기만 해봐. 피 볼 줄 알라고."

그러면서 그놈은 내 전화를 차단하고 점순에게도 내 전화를 차단하라 시키고, 둘은 결혼했다.

둘이 결혼하는 날, 종욱이는 내가 훼방 놓으려 나타날까 봐, 가 아니라 전 여자 친구들이 나타나 결혼식장을 뒤엎을까 봐 보안업체 가이드 일 개 중대를 배치하여 결혼식을 올렸다고 한다. 나는 친구의 결혼식장에도 못 가고, 소주를 마시며 울었다.

맑은 소주에 눈물이 떨어져 동심원으로 흔들리며 섞였다. 하늘처럼 맑아서 푸르게 보였던 소주가 뿌옇게 흐려졌다. 분노하여 흘리는 눈물은 슬픔으로 흘리는 눈물에 비해 그 맛이 더 짜다고 한다. 교감신경이 흥분하면 수분을 과하게 증발시켜 염류의 농도가 진한 짠 눈물을 배출시킨다. 그날 소주는 눈물보다 맑다는 사실도 처음으로 알았고, 처음으로 눈물이 섞인 짜디짠 소주를 마시며 친구가 불행해질까 봐 울었다.

나는 종욱이는 천벌을 받으라고 저주했다. 하지만 내 친구 점순이는 행복하게 잘 살기를 빌었다.

"종욱이, 아니 너네 남편 바람 안 펴?"

아아, 나는 왜 이리 입이 방정이란 말이냐. 왜 그런 위험한 질문을 생각도 없이 날린단 말이냐. 십수 년 만에 일식집에서 입안에 착 감길 것 같은 생선회 몇 점과 소주잔을 앞에 놓고 앉자마자 나온 말이었다.

"너 뭐 아는 거 있어?"

"내가 뭘 알어. 난 제 버릇 개 못 준다는 속담이 있어서. 그놈이, 아니 너네 남편이 네 속 썩이나 해서."

그렇게 말해놓고 보니, 아이고, 나는 또 말실수를 해버렸구나. 주워 담지도 못하고 어쩌끄나…

"너, 거의 이십 년 만에 나타나서 무슨 소리야. 우리 장군이 아빠 너무 성실하고 얌전하고 바른 사람이야. 자기가 사랑하는 사람은 토끼 같은 새끼하고 여우 같은 마누라 이외에는 없대. 자기가 딴 짓을 했으면 벼락을 맞을 꺼래."

참으로 양처럼 순해 보였던 점순이가 눈에 쌍심지를 돋우며 남편, 헐리우드 곽을 변호한다. 사실 부부란 그렇게 내 편한 편으로 살아야 하지 않겠는가. 바람직한 아내상이다.

"그래서 헐리우드 팍, 팍 벼락 맞았어?"

으악, 나의 혀는 왜 이렇게 주인의 허락도 받지 않고 천방지축으로 날뛴단 말이냐. 말실수가 점입가경으로 치닫고 있다. 물고기가 입으로 낚싯바늘을 물어 잡히듯 인간 또한 그 입이 문제로다. 마음과는 전혀 다르게 튀어나오는 말, 말, 말 때문에 너무 속상해서 내 주먹으로 내 주댕이를 팍 쳤다.

벼락은 내가 맞았다. 점순이는 앞에 놓인 소주잔을 들어 내 얼굴에 확 끼얹었다. 나는 소주벼락을 맞아버렸다.

"너야말로 우리 장군이 아빠를 잘 못 알고 있어. 니가 처녀 때부터 울 남편을 짝사랑했다면서. 아직도 좋아하니? 그래서 결혼도 반대했잖아. 나, 간다. 남의 부부 사이 이간질만 하는 나쁜년. 너는 친구도 아냐. 다시 안 만날 거야. 내가 널 얼마나 보고 싶어 했는데. 나쁜년."

변명이고 자시고 할 틈이 없었다. 장군이의 엄마이자, 헐리우드 팍의 부인인 점순이는 영원히 X친구가 되어버렸다.

그녀가 남겨놓고 간 소주를 잔에 따랐다. 마시려는데 눈물이 한 방울 똑 떨어졌다. 나는 점순이가 지독하게 불행하게 살 줄 알았다. 아니면 이혼을 했던지. 점순이가 보고 싶었던 이유는 그녀의 불행을 위로해 줘야만 할 사람은, 죽기 살기로 그녀의 결혼을 반대했으나 일구월심 잘 살기만을 빌었던, 나밖에 없다는 사명감을 가졌기 때문이다.

뺨으로 흘러내리는 눈물을 혀로 핥아 보니 살짝 신맛이 난다. 슬플 때 흘리는 눈물은 산성성분이 많아져서 신맛이 난다고 한다. 나는 슬픈가? 슬퍼해야 되나?

점순이의 결혼식 날 홀로 흘린 눈물이나 오늘의 또 홀로 흘리는 눈물이나 염도는 비슷할 게다. 하지만 그날은 진짜 분노와 슬픔의 눈물이었다. 오늘은 기쁨의 눈물이지 싶다.

그래 잘 살아라. 너 행복하다면 나 죽는 날까지 너 안 봐도 괜찮아. 너 생각할 때마다 소주에 눈물 타서 혼술 마실게. 친구야.

ps: 사실 나는 점순이를 만나기 며칠 전 종욱이를 만났다. 점순이의 전화에 앞서 종욱이의 전화가 먼저 왔었다. 미팅 시각을 약속했지만 편하게 아무 때나 와도 된다는 그의 우호적인 말에 하루 전날 을지로에 나간 김에 충무로 그의 사무실에 들렀다. 내가 사무실 문을 조심스럽게 노크하자 한참의 시간이 지난 후 느글거리는 춘장 냄새를 풍기며 묘령의 여자가 내 앞을 급하게 가로질러 지나갔다. 사무실로 들어갔더니 테이블 위에는 반쯤 먹다 남긴 짜장면과 탕수육과 소주 한 병 소주잔 하나가 놓여 있었다. 젓가락도 한 쌍이 짜장면 그릇 위에 나란히 올라앉아 있었다.

"에구 식사하시는데…"

"아뇨, 다 했어요."

오랜만에 만나니 존댓말도 쓰고… 철이 들었나 보다. 그는 벌여놓은 음식을 주섬주섬 집어 빈 그릇 수거용 비닐봉지에 넣었다. 이미 비닐봉지 안에는 시뻘건 입술연지가 묻은 젓가락 한 쌍, 시뻘건 입술연지가 묻은 소주잔 한 개가 들어있었다. 나는 거의 20년 만에 인사를 나누기 위해 종욱이의 얼굴을 바라보았는데, 그의 입술 부근에는 콜타르 같은 짜장 소스와 빨강 입술연지가 색채의 대비를 강조하며 회화적으로 묻어있었다. 꼬라지를 보고 있자니 어이가 없고 기가 막혀서 뒤돌아서 사무실을 나서는 내게 헐리우드 곽이 외장쳤다.

"나, 짜장면만 먹은 거야. 너, 우리 장군이 엄마한테 허튼소리하면 가만 안 둘 거야. 우리 계약 아직 유효 한 거야."

폭탄주爆彈酒보다 과하주過夏酒

탁족도濯足圖- 전 이경윤傳 李慶胤, 1545~1611
네이버지식백과

술이 당기는 순간이 있다.

나는 짧은 수필이든, 단편소설이든 끝을 장식하는 마침표를 찍고 나면, 술에 대한 그리움으로 영혼이 갈급해진다.

─글쎄 나는 몇 살일까. 생의 순정이 불꽃처럼 빛나던 찰나의 총합이 나이라던데.─

마지막 문장에 마침표를 찍으며 시계를 보니 마감 시각에서 20시간 넘겼다.

유격이 적은 노트북의 키보드를 세게 두드리는 버릇을 오랜 세월 지속했더니 손가락 관절이 망가진 것 같다. 노트북 자판은 어루만지듯이 살살 다뤄야 하는데도 나는 화풀이 하듯이 우다다다 팬다. 버릇 더하기 시간이 팔자라고 한다. 그러니 팔자소관이다.

손가락을 주무르며 핸드폰을 들여다봤다. 박 작가가 보내온 사진이 뜬다. 사진 속에는 양은 냄비에 담긴 까만 눈망울이 귀여운 복슬강아지 두 마리와, 전통주가 분명한 술 한 병이 놓여있었다. 옴마 너무 귀여워라, 라고 사진에 입을 맞추려는데 딩동 연달아서 텍스트 문자가 떴다.

"복날입니다. 오늘 출판사에 제 신간 표지디자인 결정하러 가는데, 시간 되면 오세요. 한잔하게."

지가 부른다고 내가 가냐, 라고 중얼거렸지만 나는 "ㅇ ㅇ"이라고 답장을 날리고 있었다. 박 작가와 출판사 최 대표는 제법 술맛을 돋울 줄 아는 술꾼들이다.

"의사 선생님이 한동안 술을 마시지 말래요."

내가 사무실로 들어서자마자, 감기 기운이 있는 듯한 최 대표가 코맹맹이 목소리로 말했다. 내 기억으로 그는 단 한 번도 내가 권한 술을 물렸던 적이 없는 친구, 술친구이다.

"감기요? 여름감기는 멍멍댕댕이도 안 걸린다는데…"

그는 감기쯤으로 술을 거절하지는 않았다. 언젠가 내가

쿨럭쿨럭 기침을 해대며 다가오는 술잔에 손사래를 쳤을 때, 그는 독한 소주에 고춧가루 풀은 콩나물국을 권했었다.

그는 내 저서도 여러 권 출간했던 출판사 대표라 나와 동석한 술자리만 십수 번은 된다. 요즈음은 작가와 출판담당자가 대면하지 않고도 책이 출간되어 오프라인 서점의 서가에 진열되고, 독자는 온라인으로 바로 구입이 가능하지만, 옛날에는 작가가 출판사에 초고 넘기는 날 술 한 잔, 출판계약서 쓰는 날 한 잔, 작가가 교정과 편집을 검열하고 마지막 단계인 인쇄소로 넘기는 날 또 한 잔, 인쇄소에서 제본 마치고 잉크 냄새 풍기며 신간서적이 나오는 날, 본격적으로 성대하게 마셨다.

"아니, 건강상 심각한 무슨 일 있으세요? 설마 캔서는 아니죠?"

자발머리없게 불쑥 암이라는 단어가 튀어나왔다.

"충수가 무언지 아세요?"

내 말을 못 들었는지 그가 반문했다.

"충수란 맹장의 의학용어이지요."

"충수절제술은요?"

일 더 하기 일은 몇이죠, 라는 질문을 받은 기분이다. 귀요미, 아니 1 더하기 1은 2, 맹장수술이라고 대답했다.

"한 달 전에…"

"개복했어요?"

"개복요?"

그는 시인이기도 하다. 운문을 쓰는 시인이 두 글자로 요약한 단어의 뜻을 모르면 쓰남. 나는 길게 산문으로 설명한다.

"배를 갈랐냐고요. 요즘은 배 벽에 작은 구멍을 뚫고 손전등처럼 불을 비추며 카메라 렌즈가 들어가서 가위 모양 집게로 염증 생긴 맹장을 떼어 내죠."

들어보니, 복강경 수술로 충수돌기를 절제하고, 한 달 전에 2일 동안 입원했다고 한다. 일주일 전도 아니고 한 달 전, 정확한 날짜를 짚어보니 50일 전이다.

"한 달 전 복강경 맹장수술 때문에 오늘까지 금주?"

"일 년 동안 금주하랍디다."

"최 대표가 겁이 많구만. 혹시 1년 동안 부부관계 금지하라는 의사선상님의 요주의 수칙은 없었나요?"

옆에 있던 박 작가가 거들었다.

"의사선상님께서 금주에 금연에, 처방약 복용하고, 화농예방 항생제 주사 맞고, 곁들여서 비타민C가 풍부하게 함유된 채소나 알약을 섭취하고, 면역력을 높이는 유산균제제도 복용하라고 했죠? 금기가 더 없었어요?"

인간은, 제멋대로 진노하여 인간에게 벌을 내리는 신을 달래기 위하여 태곳적부터 온갖 종류의 희생의 제물을 바치고 금기를 지켜왔다.

환웅이 태백산의 신단수로 내려와 신시를 열었는데, 곰과 호랑이가 사람이 되기를 원하자, 신령스런 쑥 한 줌과 마늘 20쪽을 주면서 백일동안 동굴에서 햇빛을 보지 말라고 하였다. 호랑이는 동굴 속에서 참지 못하고 뛰쳐나오고, 곰은 백일을 버티고 여인 웅녀가 되었다. 환웅이 잠시 사람의 모습으로 변해 웅녀와 혼인해서 단군을 낳았다

"일 년 동안, 신령스런 쑥과 마늘만을 먹으며 동굴에서 버티란 말씀은 안 하시던가요?"

인간에게 벌을 내리는 신처럼, 의사들은 수술받은 환자에게 10가지도 모자라서 100가지쯤의 금기를 내린다. 병세가 호전되지 않으면 혹은 악화되면 100가지의 금기 중 단 하나

라도 이행하지 않은 환자에게 비겁하게도 그 책임을 전가할 수 있으니까 말이다.

나는 이해할 수가 없다. 맹장수술하고 이틀 만에 퇴원한 환자에게 일 년 동안 금주를 명령한 의사의 양심은 무슨 색깔일까. 아니 그 의사선생님은 최 대표의 절친일 수 있다. 최 대표의 건강을 염려하여 '술 좀 작작 마시라고' 내린 처방이리라. 하지만 수술 한 두 달 후면 50킬로그램 역기도 들고, 백 미터를 15초 안에 달린다. 일 년의 기간은 자신이 수술을 받았다는 사실조차도 까맣게 잊고도 남을 세월이다.

3년 전에, 나도 복강경으로 담낭을 절제하는 수술을 받았다. 수술 전날 검사를 위한 금식 시작시각 직전까지 술자리에 취한 채 앉아있었다. 그리고 3박4일 입원을 했고, 3일 가료 후에 가볍게 맥주 한 잔을 마셨다.

"난 개복 수술하고도 퇴원 일주일 만에 술 마셨는데요."

사실은 3일 만에 마셨는데, 일주일이라고 거짓말을 했다.

"의사가 술 마셔도 된다 했어요?"

고개를 갸웃하며 박 작가가 묻는다.

"금기 식품으로 술에 대한 언급이 없었어요. 배 가르는 수

술 받은 중환자가 일주일 만에 술 마시리라고는 당연히 짐작도 못 하겠지요."

악마가 공사다망하여 용무가 있는 사람들을 일일이 찾아다닐 수 없을 때, 술을 보낸다 했다.

말이 나왔으니 말이지만, 나는 불과 보름 전에 치과에서 어금니를 뺐다. 어금니가 흔들거린 지는 몇 년 되었지만 치통이 찾아올 때마다 잇몸치료도 받고 진통제도 먹으면서 '이빨아 우리 좀 더 같이 사이좋게 살자'고 살살 달랬다.

어금니를 뽑고 임플란트를 한다는 결정은 장고 끝에 이루어졌다. 치과에서 어금니를 뽑자, 뿌리가 깊었든지 어금니가 박혀있던 자리에 구멍이 뻥 뚫리면서 피가 뿜어져 나왔다. 지혈제를 적신 탈지면으로 구멍을 막아 꾹 눌러 물고 있었다.

"피나 침이 고이면 뱉지 말고 삼키세요. 항생제와 소염제는 마취가 깨면 복용하시고요."

처방전을 쥐여주던 간호사의 주의사항에는 '금주禁酒'는 없었다. 환자에게 굳이 주의시키지 않아도 지구에서 태어난 인간은 발치 후에는 일정시간 당연히 금주를 한다. 자신의 몸에 대한 예의이다. 나는 적어도 겉모양새는, 발치 후에 피를 질질 흘리며 음주를 즐기지는 않을, 교양과 인품과 갖춘 여자처럼 보일 것이다. 그러기에 의사선생님은 내게 금주 금연을 지시하지 않았다.

그 와중에도 피할 수 없는 모임이 있어 참석을 했다. 마취를 하고 발치 수술을 받았던 터라 속은 헛헛하고 피잉 어질증이 일어났다. 탈지면을 교체했지만 여전히 피는 멈추지 않았고, 또한 짭짤한 피와 씁쓸한 맛의 지혈제가 침과 함께 목구멍으로 넘어갔다. 모임이 파할 즈음에는 마취가 풀리면서 얼얼한 통증이 밀려왔고, 피를 많이 흘렸는지 갈증도 일었다.

물, 혹은 시원하고 청량한 음료수, 생맥주가 마시고 싶었다.

칵테일 바 '세라비'는 집으로 가는 길목에 있다. 내가 참새라면 세라비는 방앗간이다. 저절로 발길이 닿았다.

내가 세라비의 목로에 앉자 바텐더 제임스는 "어서 와" 한마디를 하고 맥주잔 두 개에 맥주를 반쯤 붓고, 용량 30밀리 샷글라스에 위스키를 채워 뇌관으로 박았다. 어느 순간부터인지 세라비에서의 나의 첫 잔은 제임스와 함께 마시는 폭탄주였다. 나는 늘 그래왔던 대로 망설임 없이 더구나 갈급했던 터라 원샷으로 잔을 비웠다.

어라? 목구멍으로 넘어가는 술의 맛이 비리고 짰다. 난생 처음으로 맛보는 희한하고 기분 나쁜 맛이었다. 미각이 테러를 당한 기분이었다.

"크아… 제임스, 오늘 폭탄주 맛이 왜 이래요?"

입 밖으로는 그렇게 뱉었지만 입안에 숨긴 말은 '경력 45년의 바텐더가 폭탄주 제조실수를 하다니'였다. 나는 내 눈앞에서 '뻥'하며 뚜껑이 공중으로 튀어 오르던 맥주와 '아다라시'라면서 마개를 개봉하던 '시바스 리갈'병을 바라봤다. 잘 못되었을 리가 없다. 엎어 놓았던 맥주잔에 다른 음료 찌꺼기가 남아있을 리도 없다.

"뭔 소리야, 김 작가, 그런 소리 난생 첨 듣는구만. 우리 집 술맛을 타박할 양이면 여기 오지 말게나."

나 원, 배짱도 유분수지. 장사치가 모태단골을 천대하시네, 라고 군시렁거리다가 퍼뜩 내가 낮에 치과에 들렀다는 사실이 떠올랐다. 아아, 내가 이빨을 뽑았구나 그것도 왕 어금니를. 어쨌든 나는 술과 함께 피에 젖은 솜을 꿀꺽 삼켰던 것이다.

"옴마 아까 낮에 어금니 뽑고 피가 나서 솜을 물고 있었는데, 피에 젖은 솜을 꿀꺽 삼켰나 봐요."

이실직고할 수밖에 없었다.

"흐흐, 안주가 짭쪼름했겠네. 한 잔 더 해요. 알코올은 소독제야."

다시금 빈속을 훑고 내려가는 폭탄주. 폭탄주는 목구멍을 따끔따끔하게 쏘며 내려갔다.

"나만 그런 건지 모르겠지만, 난 폭탄주가 어떠한 술보다도 맛있어요. 왜 그럴까?"

내가 자문하듯 제임스에게 물었다.

폭탄주는 독한 술에 순한 술을 섞어 우리 몸에 가장 흡수되기 편안한 13도 내외의 와인과 같은 알코올도수를 가진 술이다. 술에 대한 경험이 없는 초보자들은 '폭탄'이라는 단어가 던지는 강렬함에 매료되어 호기심에 접근을 해보는데, 향기롭고 맛있으면서 편한 목 넘김에 홀딱 반해서, 폭탄주와 사랑에 빠지기 쉽다.

폭탄주는 짧은 시간에 알코올 흡수 속도를 촉진하여 속성으로 취하게 되는, 마초 같은 야성미 넘치는, 일테면 멋지지만 몹쓸, 나쁜 남자 같은 술이다. 폭탄주란 남자에게는 팜므 파탈이다. 달고 향기롭기만 한 감로수인 줄 알고 흠씬 취했는데 교미 끝난 수컷을 잡아먹어 버리는 암사마귀 같은 술이다.

"지금 50일 지났으니 앞으로 315일 동안 더 금주하실 것인가요? 의사선상님께 허락을 받을래요?"

바로 보름 전에, 어금니 발치하고 폭탄주 마셔버린 사연을 이야기하며 최 대표에게 물었다.

담배도 일 년 안 피우고 참으면 담배와의 이별에 성공한 것이다. 술도 일 년 절주하면 금주 성공이라 쳐준다. 만약 사랑하는 애인을 일 년 동안 돌보지 않았다면 그녀에게 새 애인이 생겼다고 배신자라고 탓할 수 있을까.

"담배 끊으면 일망一亡, 술 끊으면 이망二亡, 연애를 끊으면 삼망三亡, 밥을 끊으면 사망死亡이라던데, 이망까지 가겠다는 건가요? 내가 술 마시라고 해서 마시고 탈 나믄 내 멱살을 잡아 의사선상님께 제물로 바칠 투네요."

에휴… 내가 '술' 대신 파견 나온 찐 악마인 가보다. 그가 대답을 못 하고 손가락을 접었다 폈다 한다. 핸드폰도 만지작거린다. 복강경 충수절제수술 50일 후 음주가 가능한지 갈

등하고 있다.

"서양에 폭탄주가 있다면 우리나라에는 과하주가 있답니
다."

드디어 나설 때가 되었다는 비장한 표정으로, 박 작가가
들고 온 가방을 열어 한지로 포장된 도자기병 하나를 꺼냈
다. 언 듯 보아도 술, 전가의 보도처럼 내려오는 전통주 같다.

"이것이 '과하주 過夏酒'라는 우리나라 전통 폭탄주입니다.
서양에서는 제정러시아 때 시베리아로 유형 간 벌목 노동자
들이 추위를 이기기 위해 보드카를 맥주와 함께 섞어 마신 것
이 폭탄주의 기원이라고 알려져 있는데요.

조선 초기부터 서울지방에 알려진 '과하주'라는 우리나라
식 폭탄주가 있었습니다. 서양식 폭탄주는 4.5도 발효주 맥주
150밀리에 40도 증류주 위스키 30밀리 잔을 빠뜨려서 제조한
다면 우리나라 전통주인 과하주는 알코올 도수가 낮은 약주
가 발효하는 중에 알코올도수가 높은 증류식 소주 원액을 첨
가해 빚은 혼양주입니다. 도수가 높으면서도 부드러운 단맛
을 함께 느낄 수 있으며 술 이름 그대로 '여름이 지나도록 맛
이 변하지 않는 술'이라는 뜻을 담고 있지요.

발효주와 증류주의 단점을 보완하여 누룩과 곡식을 주원료로 술을 빚는 제조법은, 동양권에서뿐만 아니라 세계에서도 우리나라가 유일합니다. 그 증거로 조선시대 부녀자를 위한 생활지침서인 『규합총서』(1809년)에 과하주의 제조 방문方文이 기록되어 있지요.

크크크 오래 둘수록 그 맛과 향기가 진해져 술맛과 취흥을 돋운다는 과하주, 내가 우이동, 맑은 물 흐르는 냇가에 닭 잡아 놓으라 했으니, 탁족濯足*하러 갑시다. 지금쯤 우이동 계곡에서 닭집 주방장은 칼 들고 닭을 쫓고, 암탉은 살려달라고 죽어라 달리고 있을 겁니다."

최 시인이 쩝 입맛을 다시며 일어선다. 최 시인의 금주결심을 푼 열쇠는 과하주일 것이다.

"참 잊을 뻔했는데, 내 고향 강원도에서는 초복에 거미를 잡아 말려서 분말로 만들어 두었다가 감기에 걸렸을 때 그 가루를 먹습니다. 자아, 내가 최 시인을 위해서 작년 초복에 잡은 거미를 말려서 빻아두었으니 과하주에 안주 삼아 거미 한 줌 입에 털어 넣으쇼."

나는 찐 악마의 명예를 박 작가에게 넘겨야 할까보다.

*탁족(濯足) : 전통적으로 선비들의 피서법이다. 선비들은 몸을 노출하는 것을 꺼렸으므로 발만 물에 담근다. 발은 온도에 민감한 부분이고, 특히 발바닥은 온몸의 신경이 집중되어 있으므로 발만 물에 담가도 온몸이 시원해진다. 또한 흐르는 물은 몸의 기(氣)가 흐르는 길을 자극해주므로 건강에도 좋다. 음식이나 기구로 더위를 쫓는 것이 아니라, 자연 속에서 더위를 잊는 탁족은 참으로 선비다운 피서법이다. 탁족은 피서법일 뿐만 아니라 정신 수양의 방법이기도 하다. 선비들은 산간 계곡에서 탁족을 함으로써 마음을 깨끗하게 씻기도 하였다. [네이버 지식백과]

보드카 마티니, 젓지 말고 흔들어서

Vodka Martini, Shaken, Not Stirred

제임스 본드가 사랑한 칵테일, 보드카 마티니
https://blog.naver.com/roulette2/222843358059

칵테일 바 '세라비'를 나에게 소개한 사람은 B이다. 20여 년 전, 봄비가 내리던 날이었다. 대낮인데도 B가 술기운이 차오른 축축한 목소리로 전화를 해왔다. 그는 나를 꼬여낼 달착지근한 목소리를 연출하려고 나름 꾸몄던 모양인데, 내게는 술에 취해 혀가 꼬인 남자가 전화기를 붙들고 주절주절 웅얼거리는 음파로만 전송되었다. B의 앞과 뒤의 말을 이어보았다. 그는 하늘에 주기酒氣가 가득 끼었다면서 주님酒任을 알현하러 가자고 했다. 창밖의 경치는 까무룩 물안개에 가라앉고 있었다.

우리 동네에서 빈대떡에 걸쭉한 곰탕국물에다 소주를 반

주로 점심을 먹고 그와 헤어지기가 아쉬워서가 아니라 술과 헤어지기가 아쉬워서 맥주로 딱 한 잔만 입가심이나 하자며 맞춤한 맥줏집을 찾아보기로 했다. 하지만 눈에 띄는 맥줏집은 아직은 영업개시 불을 밝히기 전이었다.

"이 시각에는 쌩맥주도 얻어먹기 힘들어. 한국도 3시에서 6시는 브레이크타임이야. 차나 한 잔 하자구."

낮술에 얼큰해진 내가 투덜댔다.

"내가 안내할게. 너섬에 있는 대한민국의 명물 노포."

"남의 동네 노포술집까지 꿰는군. 술꾼답네, 그려."

그는 앞서서 내가 익히 다니던 사임당 빌딩의 지하로 내려가는 계단을 밟았다. 내가 아는 바로, 지하 1층에는 남성 전용 주점들만 모여 있다. 계단을 통해 지하로 걸어 내려가는 사람은 남성 전용 주점에 종사하는 젊은 남녀들이거나 술과 여자를 즐기러 그곳을 방문하는 남자들이다. 엘리베이터는 주로 지하 2층보다 더 깊은 지하주차장으로 내려가는 사람들이 이용한다.

B와는 오랜 친구이기는 하다. 하지만 가끔 나는 자문하고는 한다. 남녀 사이에 진정한 우정이 존재하는가. 그는 친구

인 척하다가 오누이인 척하다가 어느 순간 연인인 척했다. 끊임없이 내게 일탈을 유혹했다.

"우리가 이쯤에서 건전한 키쓰를 해도 되지 않겠어?"

오늘처럼 어둡고 조용하고 무섬증이 드는 계단을 내려갈 때면 그는 보호라는 명분으로 슬쩍 팔을 내 등 뒤로 돌려 끌어안는다. 엘리베이터에 둘이 남는 순간이 왔을 때는 실수인 듯 팔꿈치로 가슴을 지그시 누르면서 추근거린다. 그러면 희한하게도 건조하고 삭막하던 이성 간의 우정에 에로틱한 분위기가 질척하게 끼어든다. 이렇게 비마저 내리면 빗물에 연분홍 물감도 스며드는 것 같다.

계단을 내려와 복도로 통하는 문을 여는데, 와자지껄한 소음이 들려왔다. 그리고 뒤따르는 음악은 60년대에 발매한 보니 엠의 '시즌스 인 더 선 Seasons In The Sun'이었다. 음질은 조악했다. 음원 스트리밍도 아니고, CD도 아니고, 그렇다고 LP 레코드판이 돌면서 쏟아내는 음질도 아니었다.

음악은 가장 안쪽 방 덜 닫친 문틈에서 새어 나오고 있었다. 동전을 넣고서 단추를 눌러 곡을 지정하면 자동적으로 음악이 흘러나오는 주크박스가 가게 구석에서 흘러간 올드팝을 토해내는 것 같았다. 울컥 향수에 젖었고, 정말 주크박스가 안에 존재하는지 궁금했다.

안으로 미는 문이었기에 망정이지, 밖으로 당기는 문이었더라면 누군가 튕겨져 나왔을 만큼 실내는 6, 70년대 서울의 시내버스처럼 만원이었다. 당연히 우리는 몸을 들이 밀 공간이 없었다.

"밖에서 기다려 주세요."

문전박대 멘트가 흘러나왔다.

"딴 데 찾아봅시다. 세상에나, 번호표 타서 술 마시는 술집 봤어?"

"기다려 봐. 내가 자리를 만들어달라고 할 테니."

나를 밖에 세워둔 채 B가 낡아서 잘 밀리지 않는 문을 간신히 밀고 들어갔다. 곧 문틈으로 손 하나가 나와서 들어오라는 신호로 손가락을 까닥했다. 실내는 아무리 후하게 인심을 써줘도 3평도 안 될 것 같았다. 성인 남자가 어깨를 나란히 대고 좁혀 앉으면 일곱 명, 옆 사람과 한쪽 어깨를 포개 앉으면 간신히 아홉 명까지 앉을 수 있는 목로라면서, 자리를 선점하고 있던 주객들이 틈을 벌려 우리 두 사람을 끼겨 앉게 해주었다. 그러니까 세라비는 목로에 일곱 자리, 목로자리 점유에 실패한 손님을 위한 입구 쪽 벽에 붙어있는 손수건만 한 테이블에 딸린 등받이도 팔걸이도 없는 의자 네 개까지 합해서 총 11자리가 있는 셈이다.

오디오시스템은 손을 올려야 닿을 수 있는 천장 밑 공간에 설치되어 있었다. '시즌스 인더 선Seasons in The Sun'은 카세트에서 흘러나오고 있었다. 카세트라니, 신기했다. 타임머신을 타고 60년대로 순간 이동한 것 같았다. 마그네틱테이프를 갈아 넣던 바텐더가 우리를 맞았다.

"처음이신가. 이곳의 첫 잔은 진토닉이야. 세상에서 제일 맛이 있는."

그는 재빨리 손님에게 내놓을 안주인 땅콩을 사각 플라스틱 통에 부어 넣었다.

누구 맘대로 세상에서 제일 맛있담.

진토닉의 조주법은 대단히 쉽다. 텀블러 유리잔에 3/4까지 얼음을 채우고 진을 따르고 토닉 워터를 따른 후 칵테일 스푼으로 저어준다. 그리고 라임이나 레몬을 가니쉬로 올리면 완성이다. 정식 명칭은 '진 엔 토닉 Gin and tonic, G&T'이며 정식

대로라면 1:3의 비율로 진과 토닉을 섞는다. 토닉보다 진을 더 많이 넣지는 않는 선에서 바텐더의 취향과 재량대로 비율을 조절한다. 누구라도 집에서 만만하게 조주하여 마시는 칵테일이다. 그러나 훌륭한 미식가 바텐더들은 자신만의 비법을 가지고, 초보자가 넘볼 수 없는 확연히 우수한 맛의 진토닉을 뽑아낸다. 중국 요릿집 짜장면이 맛이 없으면 다른 음식은 먹어볼 필요도 없이 발길을 끊는 것처럼, 진토닉은 모든 칵테일 바의 첫 잔이자 간판메뉴이다.

나는 사육 당하듯이 '주는 대로 먹는' 식이 정말 싫다. 커피가 인스턴트 커피가루 한 가지뿐이었던 시대를, 치약이 럭키치약 한 가지뿐이었던 시대를 살아왔다. 커피 아니면 홍차든지, 짜장면 아니면 짬뽕이든지, 이도 저도 다 거절할 권리라도 주어져야 한다.

우리 시대에는 결혼 적령기에 이르면 내가 고르든 곁에서라도 골라주는 이성과 결혼을 해야 했다. 결혼 안 할 이유가 있을지 몰라도 통하지는 않고, 결혼 안 할 자유는 아예 없었다.

내가 가장 못 견뎌 했던 사회의 구속은, 단발머리였고, 교복이었고, 귀가시각이었다. 내 악동 친구들 중에는 머리 기르고 싶어서 무용반에 들었고, 무릎 위로 올라가는 치마는 단속해도 긴치마는 단속을 못 하리라 싶어 발목까지 내려간 교복 스커트를 입고 복장을 단속하는 훈육반들이 서 있는 교문을 통과하기도 했다. 부모들의 뜻을 따라 진학하고 사회에 진출했다. 한 번도 자신의 미래 설계에 참여하지 않았기 때문에 미래의 플랜 따위는 세울 줄 몰랐다.

나는 여성의 자유의지를 말살하는 삼종지도가 지상의 미덕으로 교육되는 사회에 살았다. 삼종지도란 여성이 세 가지 도를 따라야 한다는 의미이다. 어려서는 아버지를 따르고 결혼해서는 남편을 따르며 전통적인 가치관에 의해 시집살이를 하며 남편이 죽으면 아들을 따른다는 덕목이다.

부모와 학교 선생의 명령에만 따라야 했고, 시키지 않는 일을 했을 때와 금기를 깼을 때는 호되게 혼났다. 미성년의 시기에야 어른들의 유교적 가르침을 대충 받아들이며 성장해 왔지만, 성인이 되어서도 나는 스스로 무언가를 결정할 수 있는 자유의지가 싹도 트지 못했다.

나는 어른이 되고 나서야, 제삿날이면 어른들이 마시다가 넘겨준 퇴주를 홀짝거리면서, 나도 이제는 공공연하게 술을 마셔도 되나보다고 생각했다. 하지만 음주허용의 한계가 집에서 할아버지가 내리는 반주를 밥뚜껑에 받아 뒤돌아 앉아 마시거나, 제삿날 퇴주를 찔끔거려도 되는 선이었다. 젊은 처자가 동네 포장마차에서 밤늦게까지 퍼마시고 고성방가를 하며 기어들어 와도 좋다는 선까지는 허용되지 않았다.

좌우간, 아는 것도 없어서 술을 고를 안목도 없으면서 말은 호기롭게 날렸다.

"저는 진에 알러지가 있어요. 진을 뺀 보드카 마티니로 주세요. 젓지 말고 흔들어서."

나는 이미 내 앞으로 놓인 진토닉을 B에게 밀었다. 잔 속의 얼음이 프리즘이 되어 천장의 조명을 굴절시켰다. 목로 위로 별뉘가 아롱졌다.

내가 세라비의 첫 잔 진토닉, 별 그림자가 아롱지는 진토닉을 거절한, 아니 유예한 진실한 까닭은 따로 있다.

나는 미술품을 감상하러 전시회장에 가거나, 오케스트라의 연주를 들으러 음악회장에 갈 때 정장을 하고 화장도 하고 작품과 연주자에 대한 정보도 수집하여 몸과 마음으로 예의를 갖춘다. 장인의 정성들인 작품에 대한 공경이다. 공을 들여 차려내는 음식을 먹으러 갈 때도 한껏 꾸미고 간다. 맛매를 해치는 향수도 뿌리지 않는다. 미식가 요리사의 출중한 실력을 경앙하고, 심혈을 기울인 요리에는 찬사를 보내왔다.

나는 깍두기 국물을 부어 넣은 곰탕 한 그릇과 빈대떡과 막걸리를 먹고 끄윽끄윽 트림을 품어대며 왔다. 내 미각과 후각은 몹시 피곤하여 지금은 세상에서 제일 맛있다는 진토닉의 맛을 감별할 능력이 없다. 미구에, 맑은 정신으로, 박하수로 입을 헹구고 와서 세상에서 제일 맛있다는 진토닉 감별을 해주리라고 속으로 다짐한다.

"Vodka Martini, Shaken, Not Stirred."

바텐더가 내 말을 받아서 영어로 말했다. 마치 제임스 본드처럼.

'Vodka Martini, Shaken, Not Stirred'는 007 시리즈 영화마다 약방의 감초처럼 등장하는 대사이다. 1962년에 상영된 첫 편 '007 살인번호'의 숀 코너리로 시작해서 2021년 007시리즈 25번째 작품이자 다니엘 크레이그의 마지막 출연작품인 '노 타임 투 다이No Time to Die'까지 이 대사는 빠지지 않고 등장한다.

그러나 007시리즈 전편을 감상했다고 하더라도 그 대사를 기억하지 못하는 얼빠진 사람은 많다. 각 편마다 약간씩의 상황이 다르지만, 대체로 제임스 본드가 바에서 마티니를 주문하는 장면은 미션을 수행하기 위해 악당의 소굴에서 벌어지는 파티에 참석하려고 본드걸과 만나는 장면, 즉 극의 본격적인 스토리가 펼쳐지는 시점이다.

'노 타임 투 다이No time To die'에서도 세상에서 남성 정장이 제일 잘 어울린다는 다니엘 크레이그가 눈처럼 새하얀 드레스셔츠에 검은 턱시도를 입고 등장하여, 앞은 가슴골이 들여다보이고 뒤태를 보자면 새끼똥구멍이 보이도록 등이 파인 이브닝드레스를 입은 본드걸과 쿠바의 야자나무 그늘이 드리운 노천 바에서 만난다. 본드가 바텐더에게 진을 빼고 보드카를 넣은 마티니를 주문하면서 젖지 말고 흔들어 달라고 덧붙인다.

사실은 영화를 보면서 다니엘 크레이그의 바닷물 빛의 눈동자에 풍덩 잠수하여 익사 지경까지 갔던 터라 마티니를 주문하고 마시는 장면을 놓칠 뻔했었다. 여성이라면 제임스 본드에게, 남성이라면 본드를 도와주러 파견된 CIA 요원 본드 걸의 매력에 얼이 빠져서 놓쳤을 수도 있는 대사이다. 본드와 본드걸과의 핑크빛 인연의 고리가 철커덕 물리는 극적인 찰나이다.

"뭐로 한 잔을 더 하실까?"

올리브가 끼워져 있던 칵테일 픽으로 목로바닥을 콕콕 찍고 있는 나를 보며 제임스가 물었다.

"마지막 잔은, 코냑요."

유리진열장 안의 헤네시 코냑을 가리켰다.

"두 분이 연인이신가?"

제임스가 B와 나를 번갈아 보며 의미심장한 눈길을 던졌다.

"언젠가는 연인이 될 수도 있겠지만, 아직까지는 오래된 친구지요."

B가 나의 답을 가로챘다.

"코냑이란 신혼부부에게 권하는 술이라서."

제임스는 병 주둥이를 비틀었다. 코르크 마개가 병에서 '뽕'하고 빠지면서 알라딘의 램프가 열리듯이 갇혀있던 코냑의 향기가 마법처럼 솟아올랐다. 튤립의 실루엣을 그리는 엉덩이가 둥글고 입구가 오므라진 유리잔에 병을 기울인다. 짙은 호박색 액체가 흘러든다.

나는 유리잔 안에 왼손 약지를 넣어 황금색 액체를 찍어본다. 맥이 뛰는 귀 뒤쪽과 손목에 바르고 향기를 맡는다. 흠흠, 아직 아니다. 코냑을 제대로 즐기려면 시간이 필요하다. 나는 코냑 잔의 엉덩이를 손바닥으로 감싼다. 나의 체온으로 코냑의 체액을 덥힌다. 한 모금 머금는다. 더운 입안에 감금당한 액체가 기화하며 포도의 감미와 풍미가 코의 점막을 적시며 부드럽게 퍼진다.

"코냑과 진하고 부드러운 다크 초콜릿은 환상의 콤비입니다."

바텐더가 목로 밑 서랍에서 은박지에 싸인 초콜릿 한 개를 꺼내준다. 나누어 먹으려고 옆을 돌아보니 B는 없다.

밖은 여태 비가 내리나 보다. B는 어디로 갔을까.

앗싸, 세라비!C'est la vie!, 그것이 인생이지 머

영국의 엘리자베스여왕이 가장 사랑했던 칵테일, 진토닉
https://www.shutterstock.com/image-photo/gin-tonic-alcohol-drink-lime-
rosemary-1504207547

내 가까운 지인 중에 '코로나바이러스 감염증'에 걸려 사망한 사람은 없다. 그러나 코로나 백신주사를 맞은 며칠 후에 사망 소식이 신문에 실린 여성작가가 있다. 신문에 '고인은 코로나19 백신 접종 후 몸이 편치 않아 병원에 입원했다가 작고한 것으로 전해졌다'라고 실렸다.

코로나바이러스 감염을 위해 지금까지 개발된 검사들은 다른 감염병과 비슷하게 크게 두 가지, 즉 진단검사와 항체검사로 나눠 볼 수 있다.

먼저 진단검사는 활성 감염을 갖고 있는지, 다른 사람들로부터 격리 과정을 밟아야 하는지 알려주는 검사로 초기

진단을 위해 사용되는데, 현재 두 종류의 진단 검사가 있다. RT-PCR 검사로 알려진 바이러스의 유전 물질을 감지하는 분자검사와 바이러스에서 특정 단백질을 감지하는 항원검사다.

다른 하나는 항체검사. 특정 바이러스와 같은 외부 위협요소에 대응해 인체의 면역체계에 의해 만들어진 항체를 찾는 것으로, 진단을 위한 초기 검사용이라기보다는 감염에 대응해 싸우는 우리 몸의 항체를 알아보는 검사다.

—출처 : 청년의사(http://www.docdocdoc.co.kr)

디데이. 2021년 매서운 꽃샘추위가 몰아쳤던 날이었다. 오후 4시경, 칵테일바 세라비 바텐더 제임스에게서 전화가 왔다. 자신이 코로나바이러스 감염증 확진을 받았으며, 지금 가족과 함께 병원으로 수송되는 구급차 안에 있다는 것이다. 세라비의 출입자 명부도 보건소 직원에게 넘겼으니…

스르르 굴러온 수류탄이 파팍 폭발하는 느낌이었다. 제임스와 통화 중에도 계속 수신 신호가 울렸다.

"작가님, 저 코로나 확진 받았어요. 구급차가 지금 절 데리러 오고 있어요. 저는 역학 조사에서 작가님과 같이 있었다고 적어냈어요. 작가님도 빨리 PCR 검사부터 받아보세요."

닥터 진이었다. 목소리는 담담했다. 그녀는 내게 조심하라
는 인사를 남기고 물러갔다. 끊어진 전화선의 꼬리를 물 듯이
보건소의 전화가 연결되었다. 내가 코로나바이러스에 감염
된 환자와 밀접하게 접촉했다고 했다. 지난 2주간 접촉한 사
람의 명단과 이동 동선과 신용카드 사용명세서까지 문자메시
지로 보내라 했다. 버스나 택시 등 대중교통수단을 이용하지
말고 자가용 승용차나 도보로 보건소에 가서 PCR 검사를 받
으라 했다. 시계를 보니 오후 6시였다. 검사원 퇴근시각 이후
여서인지, 폭주하는 문의전화 때문인지 보건소는 전화가 닿
지 않았다. 내일 가기로 했다.

디데이+2일차. 내게 문자메시지로 통보된 PCR 검사결과
는 양성이었다. 몸단장할 여유도 없이 종합병원 구급차에 실
렸다. 구급차의 실내는 방역비닐로 도배되어 있었다. 창문에
도 흰 종이를 테이프로 붙여 안과 밖의 시선을 차단했다. 끌
려가는 몸으로 차창의 작은 틈새로 창밖의 풍경을 바라보았
다. 벚꽃잎이 난분분 날리고 있다. 선남선녀들이 파안대소하

며 길거리를 활보했다. 그들은 자유를 만끽하는 중이다. 나는 구금되었다. 챙겨간 물건은 세면도구와 속옷과 핸드폰과 노트북이었다.

솔직히 말하자면, 나는 코로나에 걸려보고 싶었다. 코로나로 죽을 생각은 없지만, 생생하게 접해보고 싶었다. 죽은 경험이 아니라 산 경험으로 코로나를 쓰고 싶었다. 죽지 않는다면 좋은 소설을 쓸 것 같아서, 설렘으로 가슴에서 둥둥둥 북이 울었다.

잘 알려진 외국 소설이 있다. 한 남자가 발령을 받아서 여자가 사는 마을로 부임하게 된다. 여자는 남자와 진한 사랑을 나눈다. 임기가 만료된 남자는 여자를 남기고 떠난다. 사랑하는 남자가 떠난 후에 여자는 남자가 자신에게 에이즈를 감염시켰음을 알게 된다. 여자는 죽어가면서 '당신을 기억할 수 있는 고통을 남겨주어서 고맙다'고 한다.

그 글을 읽고 나는 88살 즈음에 80살 정도의 어린 남자를 만나서 그 남자가 옮겨준 에이즈에 걸려 병상에 나란히 누워 손잡고 죽음을 맞는 상상을 했다. 그리고 죽기 전에 해보고 싶은 일이 아니라 죽으면서 할 일로 마지막 버킷리스트에 넣었다.

친구들에게 내가 마지막 버킷리스트를 이루도록 성심성의 껏 협조를 해달라고 했더니 반응이 각각이었다.

─바랄 것을 바라야지. 그렇게 높은 이상향을 꿈꾸면 이루 어질 수가 없지─

─어림 반 푼어치도 없다. 나도 못 하는 연애를 니가 한다 구? 안되지─

─이번 생에서는 포기한다면, 다음 생에서 꼭 이루도록 결 사적으로 도와주겠다. 도와주겠다는 각서를 쓰고 피를 찍어 서 사인하겠다─

등이었다.

"뭘 못 바란다는 거야? 첫째, 내가 88살까지 산다는 것? 둘 째, 살 수 있다 해도 연하애인은 어림 반 푼어치도 없다는 것? 셋째, 첫째와 둘째 소원을 다 이루었어도 에이즈에 걸릴 능력 이 안 된다는 거?"

내가 친구들을 잡아먹을 듯이 다그쳤더니 그네들도 지지 않고 대꾸했다.

"에이즈에 옮으려면 성행위를 해야 하잖아. 너, 88살에 그게 될 것 같아?"

"어찌어찌 유사 성행위로 안 될까?"

"깨몽하셔."

'깨몽'은 꿈을 깨라는 뜻이다. 친구들이 아무리 깨몽하라고 해도 나는 버킷리스트에서 '88살에 연하남과의 연애'를 지우지 않았다. '안되면 다음 생에서라도 꼭'이라고 부기했다.

요즈음 '코로나 조심'을 홍보하기 위하여, 코로나를 소재로 작품을 써달라는 청탁이 제법 들어온다. 원고료도 두 배로 준다고도 한다.

그래서일까. 선배 작가가, 외국여행에서 코로나에 무증상으로 감염된 채로 귀국하던 남자가 공항에서 바로 병원으로 격리되고 부인과 만나지도 못하고 병세가 악화되어 죽어가는 스토리의 소설을 썼다.

재미는 없었지만, 읽으면서 킥킥 웃음이 나왔고, '걸려보시던지, 걸린 사람을 취재라도 해보시던지'라고 독후감을 써보내려다가 참았다. 소설이란 지어낸 이야기일 뿐이니까 작가가 황당무계한 이야기를 지어내도 소설이라는 틀 안에서는 무죄이므로.

디데이−6일 전. 칵테일 바 세라비에 들렀다. 제임스는 자기를 롤모델로 삼는다는 청년이 지하철역 두 정거장 떨어진 곳에서 '세라비2'라는 칵테일 바를 개업한다고 했다. 격려의 뜻으로 이번 토요일에 방문하려 하는데, 술은 자신이 살 테니 동행하자고 했다. 제임스는 코감기가 있는지 코맹맹이 목소리를 냈고, 몸의 컨디션도 안 좋아 보였다. '세라비2'를 개업하는 청년은 세라비에서 몇 번 마주쳤었다. 보조개를 만들며 내게 날리는 싱그러운 미소에서 살풋 유혹의 실바람도 불어왔는데, 곧 영업 개시하는 '세라비2'의 어장관리 차원에서 보내는 호객행위였나 보다. 씁쓸해라. 세라비!!! 이것이 인생이지 머.

디데이−4일 전. 세라비는 제임스의 1인 영업장인지라, 제임스가 맘대로 손님들을 쫓아내고 일찍 문을 닫았다. 미리 짬짜미를 해둔 세라비의 단골고객만 모아서 택시 2대로 '세라비2'로 이동했다. 세라비2의 주인장과 세라비 VIP들만의 파티였다. 시간 가는 줄 모르고 흥겹게 술 마시고 노래하고 춤도 추고 놀았다.

집이 멀어서 먼저 자리를 뜨는 제임스에게 미쓰 윤이 걱정스런 목소리로 염려의 맨트를 날렸다.

"감기 걸리셨나 봐. 코로나 검사 받아보세요."

며칠 후 현장에 있었던 9명중에서 5명이 감염되어 격리당할 줄은 짐작도 못 하고, 모두들 제임스의 감기만 걱정했다.

디데이−2일 전. 한동네 주민들과 저녁식사 약속이 있었다. SNS로 대화를 나누기는 했지만 실제 만남은 처음이었다. 미스터 J와 나를 포함한 여성 셋이었다.

좋은 벗을 사귈 것 같은 예감이 들었다. 좋은 예감은 대체로 적중했었다. 벗이란 천천히 내가 마음을 열고 다가가면 압지에 잉크가 번지듯 푸르게 스며왔었다. 우리나라 속담에는 '이웃사촌'이란 말이 있다. 이웃에 살아서 자주 접하는 사람이 소원하게 지내는 4촌보다 친하다는 뜻이다.

비슷한 나이에 비슷한 경제력에 비슷한 교육수준을 갖추었다면 교집합의 면적이 넓다. 게다가 술을 즐기는 사람이라면 교집합의 깊이까지도 깊어진다. 미스터 J가 아껴두었던 와

인도 들고나왔다. 와인의 라벨이라도 사진으로 찍어두었어야 하는데, 와인 맛이 너무 매혹적이어서 홀딱 취해서 눈도장만 찍었더니 어려운 프랑스 글씨라 전혀 기억을 소환할 수가 없다.

차수를 변경하여 몰트위스키 바 '알칸소'에 가서 무르익은 정담들을 나누었다. 우연히 스치는 정도였지만 손도 포갰던 것 같다. 따뜻하게 포개진 손의 1,000볼트 전류를 타고 바이러스는 소방호스에서 분사되는 물줄기처럼 날아가 꽂혔으리라.

그때까지는 나에게 코로나바이러스감염증을 의심할 만한 증상은 전혀 없었다. 바이러스가 덜 활성화되었던 것이다. 부지불식간에 슬프게도 내가 일행들에게 활성 바이러스를 뿌렸다. 알칸소에서도 주인장 알렌을 비롯해서 몇몇 손님들이 감염되었다. 우리 일행은, 그들의 가족을 포함한 옷깃을 스친 사람들에게도 바이러스를 전해주었다.

몇 달이 지난 지금까지도 나는 낯을 들고 그들을 대하지 못한다. 와인의 맛을 잊지 못하겠다고, 언제 와인 한 병 나누자고, 차마 말 못 하겠다. 내가 원흉이다. 고상한 표현으로 내가 죽일 년이다.

디데이+3일 차, 병원에 감금된 채로, 확진자 동무들이 보내준 메시지를 열어보았다.

"…칵테일 바에서 신종 코로나바이러스 감염증(코로나19) 확진자가 34명으로 늘었다. 4일 서울시에 따르면 칵테일 바 관계자 1명이 지난달 25일 최초 확진 판정을 받은 후 지난 2일까지 27명, 3일 6명이 추가 확진돼 관련 확진자는 총 34명이다. 이중 서울시 확진자는 32명이다."

나에게 32명의 명단을 대라며 줄줄이 읊을 것 같다. 그만큼 내 주변의 인물들이 감염확진을 받았다. 서울시민이 아닌 2명도 누구인지 알 듯했다. 그중 한명은 세라비2에 같이 갔었던 공무원이다. 나는 그가 공무원인 줄도 서울시민이 아닌 줄도 몰랐는데, 내 전화번호를 어찌 알았는지 자신은 그 현장에 없었던 것으로 해달라고 사정했다. 자신은 공무원 신분이라 코로나에 걸리면 인사고과에서 불이익을 당한다고 했다. 나는 그의 처지를 가상하게 여겨서 보건소 담당 조사관에게 그날 이동하는 택시에 탔던 4명 중 1명의 신원은 모르겠다고

156

했다. 나 말고 누군가가 그의 신원을 이실직고한 모양이다.

　　항체는 바이러스에 감염된 후 며칠에서 몇 주에 걸쳐 몸
안에 형성되며 회복 혈액 속에 몇 주 이상 또는 아주 오래 머
물러 있게 된다. 결론적으로 코로나바이러스 팬데믹을 중
단하기 위해서는 진단검사와 함께 항체검사가 필수적이다.
　　　　　－출처: 청년의사(http://www.docdocdoc.co.kr)

　　디데이+6개월 차. 오늘 밤은 코로나바이러스 감염증에서
회복된 사람들의 모임인 '코바클럽'의 비밀결사의 날이다. 한
강 둔치의 시민 휴식용 오두막에 촛불 모양의 LED 조명을 밝
히고 둘러앉았다. 제임스가 진토닉 8잔을 텀블러에 담아왔
다. 알루미늄 원통 안에서 얼음이 부딪는 청아한 울림소리가
정말 좋다. 텀블러를 열자 향긋한 레몬 향이 달려든다.

　　나는 회복된 후, 미국에 친지 방문길에 화이자 백신을 2차
까지 맞고 왔다. 미국에서 발급한 접종 증서도 있지만, 한국
에서는 그 증서를 믿지 않는다. 국민에 대한 불신으로 얼마나
국력을 낭비하는지도 위정자들은 모르는 것 같다.

　　제임스를 비롯하여 닥터 진, 미쓰 윤, 그리고 온 가족이 감

염되어 가택연금을 당했던 게바라 등등은 백신접종을 미루고 있다. 코로나는 가뿐하게 넘겼지만, 백신접종은 겁이 난단다. 회복된 후에 틈틈이 닥터 진을 통해 피를 뽑아 항체검사를 하는데, 아직은 충분할 만큼 항체레벨의 수치가 높다는 것이 그 이유이다.

"우리 코바클럽 집단 후유증 없을까요?"

"왜 없겠나. 나는 고열·설사·탈진·흉통·불면증·환각·오한·방향감이상·인지기능저하·호흡곤란·근육통·빈맥·부정맥·구토·만성피로·두통·기억력저하·후각장애 등이 있어. 단지 독감 후유증보다는 미약해. 한 50년 후에 내가 교통사고를 일으켜 죽는다면 그건 코로나 후유증에 의한 사고라고 질병관리청에 신고해주기 바래. 고열 설사 탈진 흉통불면증에 시달리는 환자이면 잠시 운전대를 놓치는 실수를 하거나 가속기를 함부로 밟을 수도 있지 않겠어?"

"김 작가, 88살까지만 산다면서 50년 후면 100살도 넘을텐데. 실없는 소리 그만해. 전문가들은, 코로나19로 후유증을 경험할 수 있지만, 다른 질병을 앓은 후 생기는 후유증보다 특별하거나 심각한 것은 아니라고 강조하고 있어. 하지만 변종 바이러스가 어떤 항체를, 어떤 백신을, 무력화시킬지는 유추 불능이니, 백신을 맞으면 약간의 심적 안정은 찾을 수 있잖아. 그러니 우리 모두 백신들을 맞도록 해요."

"아항, 후유증 병명이 하나 더 늘었네. 심적 불안정."

역시 제임스의 진토닉은 맛있다. 횡설수설도 맛있다.

모히또에 가서 몰디브나 한잔할까?

헤밍웨이의 『노인과 바다』에 등장한 쿠바의 꼬히마르 마을의 카페 라 테라짜
www.joongang.co.kr

디데이+1일 차

디데이는 칵테일 바 '세라비2'의 개업식에 참석했던 사람들 중에 제임스와 닥터 진이 코로나바이러스감염증 확진판정을 받아 격리병원에 입원한 날이다.

디데이 다음날인 오늘, 나는 감염확진자와 밀접 접촉자였으므로 강제로 PCR 검사를 받았다. 지금 증상은 없지만 내일이면 외수가 없이 확진자 신분증을 받게 되리라. 구급차가 날 잡으러 오겠지. 만약 그곳에서 죽는다면 어쩐담. 죽든지 살든지 입원할 채비라도 차려야 하는데 시간이 촉박하다. 신문이나 인터넷은 연일 코로나바이러스 확진자 숫자와 아울러 죽는 사람의 숫자도 보도하고 있다. 내가 열심히 접속하는 주식 관련 사이트는 코로나 관련 사망자가 교통사고 사망자 수보다 훨씬 적음을 알려주고 있다. 코로나로 무너진 경제가 곧 회복된다는 희망의 날개를 펼쳐준다.

한국 영화에도, 서양의 소설에도, 역병이 창궐하여 격리 차단된 도시에 단신으로 침투하여 애인을 구해내는 감동스토리들이 있다. 얼마나 멋진가. 봉쇄된 도시에서는 쥐새끼 한 마리 빠져나올 수 없다. 하늘에서 헬리콥터가 최소한의 생필품을 낙하시킨다. 치료 약의 발명은 요원하다 못해 불가능처럼 느껴진다. 도시는 아비규환이다. 죽음의 사자가 너울을 드리우고 죽은 혼들을 건져 올린다.

내가 전염병으로 죽어간다면, 구해내는 것은 고사하고 마지막 한 번 얼굴이라도 보러올 사람이 있을까. 가족은 올까. 아니 나는 지금 누가 보고 싶은가. 치매를 앓고 계시지만 내가 병으로 죽어간다는 소식을 들으면 가장 맘 아파할 분은 내 엄마이리라. 자주 찾아뵈지도 못했다.

지난번 병상에 계신 엄마를 찾아갔던 날은 차고 매운 삭풍이 불었다. 하염없이 낙엽이 졌다. 엄마가 사시는 아파트

바로 앞에 서 있는 나무는 마치 '오 헨리'의 소설 「마지막 잎
새」의 한 장면처럼, 달랑 한 장만 남은 낙엽이 바람에 위태롭
게 나부꼈다. 나는 급한 대로 내 머리 고무줄을 풀어 이파리
를 나뭇가지에 붙들어 매 놓았고, "좀 더 오래 살아라"라고 이
파리에 대고 말했었다. 아파트 현관문으로 들어가며 뒤돌아
보았는데 나뭇잎은 올가미에 목이 걸린 듯 대롱대롱 흔들거
렸다.

그날 울 엄마는 "내 딸, 그리웠다"라고 말씀하시면 앙상하
게 여윈 손으로 내 손을 쥐셨다. 지난번 만났을 때보다 살가
죽이 조금 더 얇아져서 마른 잎처럼 버석거렸다. 한평생 괴로
움을 참고 견디며 삶을 지탱해 왔을 손, 울 엄마의 손을 잡았
다. 뼈 위로 가죽이 밀려다니는 손, 죽음의 냄새가 나는 손이
었다. 눈물이 났다. 돌아보니 보름 전이었다. 다행이다. 최근
에 갔었더라면 병상에서 움직이지도 못하는 엄마까지 코로나
가 감염될 수도 있었다.

그리고 사흘 후, 그러니까 디데이 12일 전에는 마놀린을 만
났었다. 그가 혼자 지내는 사무실에 갔었다. 층마다 화장실
과 세면대가 있기는 하지만 사무실 내부에는 수도도 화장실

도 없다. 그는 그런 구지레한 사무실에서 숙식을 해결하고 구석의 소파에서 쪽잠을 자는 모양이다.

그로부터 12일 후인 어제, 제임스와 닥터 진이 격리병원에 입원했다. 나는 오늘 눈을 뜨자마자 마놀린에게 SNS로 소식을 띄웠다.

"결과는 내일 나올 건데, 코로나 걸린 것 같아. 죽을 수도 있대. 이게 마지막 인사가 될지도 모르지. 잘 있어."

"괜찮을 거예요. 제 주위에도 코로나 감염자 있었어요. 증상도 없이 회복되었어요. 별거 아니래요."

아니, 괜찮을 것이라니. 티브이에서는 인도에서 코로나로 죽은 사람의 시신을 화장하는 동영상을 내보내고 있다. 가족은 시신이라도 보게 해달라며 울부짖고 있다.

"나 죽는다니까."

"돌아가시든지요."

"너, 무슨 말을 그따위로 해, 너야말로 죽고 싶냐?"

라고 목구멍까지 올라온 말은 도로 꿀꺽 삼켰다. 생각해 보니 마놀린은 의사이다. 코로나에 대해 그래도 의사가 아닌 사람보다는 깊은 지식이 있을지도 모른다. 하지만 그는 의사질은 안 하는 의사이다. 그는 정치가가 되고 싶어 한다.

몇 년 전에 시의원에 출마한다고 해서, 내가 정치가는 연설을 잘해야 하는데 그러려면 독서와 작문이 필수라 했더니, 정말인지 거짓말인지 세상에 태어나서 처음부터 끝까지 읽은 문학서적은 "20세기 미국 문단의 거장이며, 문체의 혁신가였고, 당대의 유행을 주도한 베스트셀러 작가 헤밍웨이의 『노인과 바다』 한 권뿐"이라고 암기하고 복습한 듯이 말했다.

그렇지만 삼국지와 수호지를 비롯한 세상에 널려있는 무협소설은 모두 독파했다고 했다. 무협소설의 이름들을 줄줄이 꿰었다. 내가 읽은 '영웅문'도 들어있었다. 역사서나 무협소설은 문학서의 범주에 넣지 않는 그의 문학에 대한 지식이, 길지는 않지만 재미로 읽기에는 마지막 장을 덮기가 힘든 『노인과 바다』를 독파했다는 사실이 기특해서 이야기를 이어가다가 벗이 되었다. 술벗이 되었다. 마놀린은 『노인과 바다』에서 늙은 어부 산티아고를 따르고 격려하는 벗, 심장에 따뜻한 피가 흐르는 어린 소년의 이름이다.

마놀린은 약사와 결혼했다. 그는 부모님의 성화에 효도의 마음으로 의대를 갔으나, 의사질보다는 딴짓이 하고 싶었으

므로, 과대표도 했지만 낙제인지 휴학을 거쳐 간신히 의사면
허증은 손에 쥐었다.

대학시절 의료봉사단에서 만난 약대생과 결혼했다. 그녀
는 봉사단장도 하고, 학생회장에도 출마하는 그가 너무나 늠
름해 보여서 그가 성실한 의사도 될 줄 알고 그를 유혹해서 결
혼의 창살 안에 가두었다.

내가 십여 년을 관찰한 바에 의하면, 그는 수중에 돈이 떨
어지면 성형외과에서 일한다. 중국에 가서 중국여자들의 눈
에 쌍꺼풀도 만들어 주고 코도 높이는 수술도 해준다. 나는
그에게 10만 원씩이나 정치 헌금을 해준 적도 있다.

"나는 의사하고 결혼했다. 의사질을 해서 가족을 부양할
굳은 결심이 섰다면 집으로 들어오고 계속 아수라 정치판에
서 놀 작정이면 내 앞에서 사라져라."

그의 마누라가 그의 궁둥이를 발로 차서 쫓아내면서 한 말
이다. 멋진 여자이다. 그래도 가끔 집에 들르는 남편에게 더
운밥도 해주는 모양이다. 안 멋진 여자에게 마놀린은 장가를
잘 갔다.

그가 하는 짓이 하도 허랑방탕해서 복장이 터진다는 그의

마누라가 역술인 점쟁이를 찾아가서 운세를 물었더니, '곧 혼돈의 진흙탕에서 빠져나와 서광이 비치는 땅에 도달할 것이니 준비하라'고 했단다. 점쟁이는 그렇게 되면 자기의 예지능력을 세상에 널리 알려달라고 했단다. 그와 그의 마누라는 역술인의 예언을 믿는다. 마놀린이 큰일을 할 인물이라고 믿는다.

"코로나 역학조사관에게 그대하고 만난 사실은 밝히지 않았어. 일주일 전까지의 행적은 자세하게 밝혔어. 신용카드 명세서까지도 가져다 바쳤지. 우리는 정확하게 12일 전에 만났잖아. 2주일 전 이동 동선까지도 대라고 다그치는데, 기억 안 난다고 버텼어. 어쩌지?"

"…"

난감한 표정의 이모티콘이 날아온다.

"어쩌지?"

내가 재차 물었다.

"살려주세요."

별의별 이모티콘이 다 있구나. 거대한 체구의 남자가 무릎을 꿇고 앉아서 눈물을 흘리며 손바닥을 싹싹 빌며 용서를 구하는 이모티콘이 떴다.

"알았어. 살려줄게."

"아이구야, 살았다."

꽃다발과 폭죽이 팡팡 터지는 동영상 이모티콘 하며 대갓집 머슴처럼 생긴 남자가 '감사합니다'를 외치면서 절을 꾸벅꾸벅하는 이모티콘으로 핸드폰 화면이 가득 채워진다.

"내가 물귀신처럼 그대까지 끌고 들어가진 않을게. 하지만 숨겼다가 들통이 나면 어쩌지? CCTV는 건물 모양낼라고 벽마다 단 것도 아닐 텐데."

나는 물귀신을 형상화한 이모티콘이 있는지 찾아보지만 눈에 띄지 않는다. 미리 준비를 못 했음이 억울하다.

"들킬 때 들키더라도 우선은 저는 빼주세요."

혼자만 빠져나가려는 심보가 괘씸하다. 아주 대단히 몹시 진짜로 개 괘씸하다. 하지만 미워하지 않기로 한다. 그를 보호해 주기로 착하게 맘먹어준다. 큰 인물이 될 사람의 발목을 잡아서야 쓰겠는가. 나는 복수를 다짐하며 그를 도와주기로 한다.

"흑역사를 만들지 않도록 알리바이 그림을 잘 맞춰봐. 그리고 메시지로 줘. 바이러스의 감염경로를 캐는 조사관들에게는 그곳에 왜 갔었느냐가 중요하지 않아. 내가 누구에게서 바이러스가 옮았는지, 누구에게 옮겨주었는지가 중요하지."

둘이 오붓한 시간을 보냈던 상황이 공개되면 난감해질 것이다. 점심으로 주문했던 짜장면과 배갈을 배달했던 청년이 우리의 얼굴을 봤을까 잠깐 고민도 해본다.

"그럼 건투를 빌고요. 기도할게요. 『노인과 바다』에서 '인간은 파괴될 수는 있지만 패배할 수는 없다'는 명대사가 나오죠. 꿈과 희망만 있다면 어떠한 역경과 고난에도 굴하지 않는다는 강한 신념의 의미요. 저의 좌우명이기도 합니다. 선생님, 회복하고 나오면 우리 모히또 가서 몰디브나 한잔해요. 헤헤."

"ㅎㅎ 그래, 모히또, 몰디브."

역시 유머는 어느 상황에서나 싱그럽다.

'모히또에 가서 몰디브나 한잔할까'라는 대사는 영화 '내부자'에서 강력한 정치 커넥션에 복수하는 조폭으로 분한 이병헌이 검사로 분한 조승우에게 한 말이다. 모히또는 칵테일의 이름이고, 몰디브는 인도양의 섬나라 이름이다. 따라서 "몰디브에 가서 모히또나 한잔할까?"가 바른 표현이다. 모히또에 가서 몰디브를 마신다는 설정은 작가가 심은 유머 코드이다.

모히또는 노벨문학상과 퓰리처상을 받은 미국의 소설가 '어니스트 헤밍웨이'가 쿠바 아바나에 머물면서 즐겨 마셨던 술이다. 헤밍웨이는 미국 본토에서 금주법이 시행됐을 때는 미국의 신식민지 쿠바에서 양껏 술을 마셨다 한다. 알코올에 중독된 미국인 마초 소설가에게 쿠바는 천국이었을 것이다. 더구나 모히또라는 이름은 '마법의 부적'이라는 의미의 스페인어인 'Mojo'에서 유래했다.

"유서도 써두었지만, 죽지 않는다면 꼭 가자. 약속 깨지 마."

"힘들면 마법의 부적 모히또를 떠올리며 코로나를 이겨내세요. 위드 코로나 시대가 오면, 소설 『노인과 바다』의 배경지인 쿠바 포구마을에 가요. 꼬히마르 카페에서 멕시코만의 바다를 바라보며 모히또 건배해요."

핸드폰 화면에 모히또 이미지가 떴다. 가니쉬로 띄운 민트잎의 화한 향기가 끼친다. 야호, 모히또, 나는 환호한다. 눈으로 즐기는 바다를 닮은 술, 모히또다. 모히또는 알코올도수

40도 내외의 럼피즈에 민트를 첨가한 하이볼이다. 라임과 민트의 산뜻한 초록색이 돋보여 시각적으로도 시원한 청량감을 준다. 유리컵 안의 투명한 얼음들에 갇힌 상큼한 민트의 푸른 이파리, 그리고 향긋한 라임의 이미지만으로 입안에 추읍침이 고인다. 달달함과 동시에 새콤한 맛이 나고 어딘지 씁쓸한 럼의 맛이 뒤따른다. 나름 입체적이고 환상적이기 까지 한 맛이다. 모히또는 라임과 메이플시럽 애플민트 탄산수만으로 만들 수 있는 칵테일이라 무알코올 모히또나 알코올도수 15%의 모히또가 완제품으로 시판되기도 한다.

'새콤달콤함에 취해 홀짝홀짝 들이키다가 일어서는 순간 휘청 무릎이 꺾였다'는 어느 여성이 쓴 모히또 시음기를 읽는다. 내가 쿠바의 바닷가 칵테일바에서 모히또를 마시고 일어서다가 휘청 무릎이 꺾여 쓰러지는데 곁에 있던 마놀린이 부축하는 상상을 한다. 어떻게 하면 좀 더 멋지게 그의 품으로 쓰러질 수 있을까 실전연습도 한다. 하지만 순간 마놀린과 쿠바의 포구마을이나 몰디브로의 여행은 상상 속에서나 가능하다고 자각한다.

슬프다. 아니다. 발전하는 과학은 메타버스 세상 안에서 우리에게 실제와 다름이 없다고 착각하는 진한 경험을 선사할지도 모른다. 행복한 상상의 장면 위로 내가 구급차에 실려가서 산소호흡기를 끼고 숨이 차서 헉헉거리다가 죽어가는 장면이 오버랩된다. 포옥, 저절로 한숨이 나온다.

"저는 야간 당직 알바 가야 해요. 병실에서 심심할 것 같아, 헤밍웨이가 『노인과 바다』를 쓸 즈음 살았던 1950년의 쿠바로 가는 여행 티켓 보내드립니다. 직항은 넘넘 비싸서 2222년 은하철도 999역에서 환승하는 저렴한 상품으로 구입했습니다. 바다와 모험과 러브로망이 있는 최고의 여름휴가 상품입니다. 그럼 은하철도 999역에서 뵙기로 해요."

그는 핸드폰 화면에서 마저 사라졌다. 허망하다.

브랜디 한 스푼, 설탕 한 스푼, 보리차 한 스푼

따뜻한 차처럼-향긋하고 감미롭게 '뜨거운 술'
https://www.hankookilbo.com/News/Read/201701060418274830

디데이 +2일 차. 구급차에 실려 도착한 6인 병실에는 선참자가 있었다. 선참자는 볕이 환하고 밝은 창가 쪽 병상은 젖혀 두고 입구 쪽 폐기물을 수거하는 쓰레기통 앞 공기가 무겁고 침침한 병상에 누워있었다. 창가 쪽에서는 열기를 확확 뿜어 올리는 난방기와 기계 환기로만 병원균의 99.99%를 걸러낸다는 음압기가 작동 중이었다. 음압기는 병실 내부의 공기압을 주변실보다 낮춰 공기의 흐름이 항상 외부에서 병실 안쪽으로 흐르도록 하는 장치이다. 바이러스나 세균으로 오염된 공기가 외부로 배출되지 않도록 설계된 시설로 병의 감염과 확산을 방지하기 위한 필수시설이라고 한다.

"저어… 안녕하세요?"

2미터 거리두기 안전수칙을 지키려고 세 발짝 떨어진 지점에서 내가 입원 신고를 했다. 하지만 귓바퀴를 잡고 귓구멍에 대고 외친다 하더라도 전달이 안 될 만큼 우렁찬 음압기의 소음이 차단막 구실을 했다. 음압기는 힘차게 고함을 지르면서 부들부들 떨어대는 양철 괴물 같았다.

"음압기 때문에 대화를 못 해요. 아마 그쪽 침대에서는 잠도 못 잘 거예요."

그녀가 마스크를 턱 아래로 내리고 큰 소리로 외쳤다. 정확히 맞는 말이었다. 옆에서 헬리콥터 회전날개가 최대속도로 돌아가는 것 같았다. 나는 그녀와 2미터 이상 거리를 띄우면서 음압기와도 가장 먼 병상에 짐을 풀었다. 저녁식사가 나왔지만 음압기는 실내의 공기도 휘저어 놓는지 골수가 흔들려서 음식이 목구멍으로 넘어가지 않았다.

화장실에 들락거리며 슬쩍 본 그녀의 침대 발치에 매달린 명찰에 적힌 나이는 나보다 세 살 어렸다. 체격은 다부졌고 무표정했지만 건강해 보였다. 아파서인지 기쁜 일이 없어서인지 웃지 않았다.

환자는 하루에 세 번씩 혈압과 체온과 맥박과 산소포화도를 검사기록지에 적어놓고 간호사에게 전화로 보고해야 했다. 내 수치를 기록하면서 그녀의 기록지를 슬쩍 보니 체온도 정상치보다 높았고 혈압도 높았고, 산소포화도는 낮았다. 수치대로라면 코로나 전염병이 발현하는 환자임에 틀림이 없었다.

나는 음압기 소음으로 잠이 들 수 없으니 수면제를 주든지, 소음을 줄여주든지, 조처를 좀 취해 달라고 수차례 불만을 토로했지만, 병원 측으로도 어쩔 도리가 없는지 답변이 없었다. 나는 나름 방법을 고안했다. 특별할 것도 없는, 하루 종일 귓구멍을 틀어막고 지내는 방법이었다. 이어폰을 끼고 인터넷 강의를 듣거나 음악을 듣거나 영화를 봤다. 한밤중에도 이어폰을 끼고 성우가 읽어주는 소설을 들으며 잠을 청했다. 그래도 거의 사흘을 뜬 눈으로 새웠다. 룸메이트는 나보다는 잘 자는 것 같았다.

소등을 하고 누웠다. 머물지 않고 쓰윽 지나가 버리는 잠의 꼬리를 간신히 잡았는가 했는데, 잠은 꼬리도 안 남기고 미끈한 몸을 빼버렸다. 희뿜하게 밝은 창으로 달빛이 흘러내렸다. 집에서 보던 달과 같은 달이련만, 나 외로운 곳에서 너 외로운 달을 만난 듯 갑자기 외로움이 전염되었다. 달빛은 창에 파도처럼 다가와 방울방울 포말로 흘러내리며 날더러 창밖으로 나오라고 손짓했다. 그 손을 맞잡을 수가 없었다. 나는 죄를 짓고 자유가 제한된 감옥에 갇힌 몸이었다.

"수면제 드려요?"

바로 누웠다 모로 누웠다 뒤척이는 내게 룸메이트가 물었다.

"여기 병원에서 처방한 수면제에요?"

코로나 입원환자에게 수면제까지는 처방하지 않을 것이라는 생각이 들어서 물어본 말이었다.

"아뇨, 모과주에요. 내가 병원에 들어가게 되니까 딸이 챙겨줬어요. 잠 안 올 때 먹는 집에서 만든 한방음료수라고 설명한들, 알콜도수가 높으니까 들키면 반입이 안 될 것 같아서 플라스틱 용기에 담아왔어요. 병원 코로나 방역 관계자들 눈속이느라고, 용기 겉면에 샴푸와 린스라고 라벨을 붙였지요."

술병을 바라보며 그녀가 어둠 속에서 이를 드러내며 웃었다. 처음으로 웃었다. 술꾼들은 술에 관한 대화를 시작만 해도 즐거워한다. 술이 눈앞에 놓이면 눈에 생기가 돌고 입에 침이 고인다. 히야, 대단한 술 애호가이자 고수군, 이라고 생각했다. 어둠 속에서 나도 그녀를 향해 미소를 날렸다.

그녀에게는 딸이 온라인 쇼핑에서 시장에서 구입하여 입원실로 배송을 시킨다는 레토르트파우치에 든 강장용 보약이나 주스 등이 차입되었다. 병원은 수제 음식은 반입을 제한했지만, 제조업체에서 완벽 포장되어 들어오는 식품은 검열을 마친 후에 차입시켜 주었다. 상용하는 아스피린이나 혈압약 비타민 알약 등은 제한하지 않았다. 어쩐지 그녀의 반입품들에도 술이 섞여 있지나 않은지 의심이 들었다.

"딸이요? 딸이 술을 챙겨줘요?"

그녀가 종이컵에 따라 준 모과주를 화장실에 가서 마시고 왔다. 창가 쪽 천장을 곁눈으로 바라봤다. 그곳에는 환자의 상태를 감시하는 CCTV가 부감하고 있었다. 병실에서 술 먹는 불량환자를 잡아낼 능력까지는 없는 카메라일 테지만.

"술이 아니라, 약이에요. 모과에는 비타민 C가 풍부하기 때문에 떨어진 면역기능을 향상시켜 주게 된대요. 모과주를 꾸준히 섭취하면 감기 치료는 물론이고 예방 효과까지 뛰어나다고 해요."

그녀도 감시의 눈을 의식한 듯 CCTV를 등지고 서서 말했다. 입원 당시 병원 측에서는 환자의 비상사태 대비를 위하여 CCTV를 설치하였다고, 감시자의 존재를 알려줬었다.

그녀는 끄응끄응 앓는 소리를 내면서도 스트레칭 운동도 했다. 뼈마디에서 우두둑 뼈가 꺾이는 소리가 났지만, 그녀는 힘차게 가랑이도 찢어지도록 벌려보고 위로 팔을 뻗어 하늘에 종주먹을 들이대듯 휘두르기도 하였다. 그녀는 수시로 간호사실로 연결되는 전화통을 붙들고 숨쉬기가 힘들어 죽겠으니 산소호흡기를 달아달라고 고래고래 악을 썼다. 가족에게도 소나기처럼 불평을 퍼부었다. 목이 아파죽겠다, 잠도 안와 죽겠다, 밥맛이 없어 죽겠다, 음압기 소음에 머리가 폭발해서 죽을 것 같다, 나 죽으면… 등등의 '죽겠다'라는 어휘를 남발했다. 그러나 수면제를 마신 뒤에는 "푹 쉬다 가겠다"라고 끝말을 장식했다.

사람은 잘 먹고 잘 누고 잘 자면 100% 건강한 사람이다. 갓난아이도 잘 먹고 잘 자고 잘 누면, 잘 놀면서 잘 큰다.

영국에서 신혼살림을 차리고 첫아이를 낳아 기르던 친구

가 있었다. 그녀는 밤새도록 보채기만 하고 잠을 잘 못 이루
는 아이 때문에 소아 수면장애 클리닉의 문을 두드렸다. 클리
닉 원장의 진료실 벽에는 영국 유명 의대 졸업장이 걸려있었
다. 그녀는 날밤을 새운 퀭한 눈으로 아이의 수면을 유도하
는 처방을 구했다.

"집에 브랜디 한 병쯤은 가지고 계시죠?"

아기의 수면장애 때문에 병원을 찾은 아기엄마에게 의사
가 웬 술타령을 하나 싶었다.

"꼬냑 VSOP가 좀 있습니다만."

그녀는 손가락 하나를 세우며 고개를 끄덕거려 주었다. 사
실 아이가 생기기 전, 낯설고 말도 설은 외국에 달랑 남편 하
나 믿고 따라와서 심한 향수병에 시달리던 그녀는 가끔 꼬냑
한 잔으로 잠을 청했다. 그녀는 자신만의 비밀 술창고에는 비
상용 수면 유도술을 숨겨두고 있었다.

"소아의 수면장애는 매우 흔한 증상이고 비교적 나이가 들
면서 쉽게 호전되기는 합니다. 하지만 수면장애를 겪는 어린
자녀를 보호 양육하는 부모는 역시 매우 심한 스트레스를 겪
습니다. 어린 자녀의 수면개선은 부모의 삶의 질을 높이는데

절대 중요합니다. 특별한 병이 없는 한 나이가 들면서 점차 호전되고 사춘기 이전에 대부분 좋아집니다만. '꼬냑 1티스 푼, 설탕 1티스푼, 보리차 1티스푼'을 흔들어 섞어서 먹이세요. 좋은 결과를 보일 것입니다."

의사는 약품 처방 대신 수면을 유도하는 민간요법을 전래하였다.

나는 어린아이에게 극소량일망정 술을 먹일 생각은 못 해봤다. 그러나 친구에게 영국의 민간 전래요법을 전해 듣고, 어느 날 극약처방을 내리는 심정으로 내 아이에게 '꼬냑 1티스푼, 설탕 1티스푼, 따뜻한 보리차 1티스푼'을 잘 흔들어 섞어서 먹여본 적이 있다. 아이는 온 세상에 평화가 찾아온 듯 안심 푹 잠들었고, 나도 아이를 품에 안고 눈을 붙일 수 있었다. 그러면서도 나는 아이가 커서 알코올 중독자가 되는 것은 아닌지 걱정했다. 하지만 내 아이는 사춘기를 지나오면서도 성인이 되어서도 술 근처에도 안 간다. 잠이 고파서 한 자락의 잠이라도 더 끌어다 덮기 위해 잠 욕심은 내지만, 술에 의존하지는 않는다. 한 번 잠이 들면 깊게 오래 평온하게 잘 잔다. 잠 못 드는 일도 없고, 술자리가 주어져도 술을 입에 대지 않는다. 분명 내가 낳았는데, 나를 닮지 않았다.

일본인 친구에게 내 수면유도 비법을 전수했더니, 그녀도 자기 나름의 수면제를 알려줬다. 홋도위스키였다.

"일본에서는 위스키를 물로 희석해서 마시는 방식이 민간에 널리 퍼져있어. 위스키를 스트레이트로 마시는 것은 그 자체의 향과 촉감을 즐기는 것인데, 위스키에 얼음을 넣은 온더락 로쿠와리[ロック割り]는 깊고 진한 맛이 나고, 위스키에 찬물을 탄 미즈와리[水割り]는 자극적이고 잡스런 맛이 억제되어서 느긋하게 즐기기에 좋지. 하지만 난 잠이 안 올 때면, 위스키에 더운물을 넣은 오유와리[お湯割り], 홋도위스키Hot Whisky를 마셔. 높은 도수의 알코올과 높은 온도의 물이 각각 다른 방식으로 몸의 피를 덥히고 근육을 이완시키면서 햇솜 같은 잠의 나라로 이끌지."

엎어진 김에 쉬어간다는 속담이 있다. 매일매일 휴식이 없는 고단한 삶을 지냈던 사람들은 부상을 입거나 질병에 걸렸을 때, 회복의 시간을 임의로 늦추면서 모처럼 찾아온 휴식을 누린다. 나도 엎어진 김에 입원한 김에 쉬어갈 수 있을까 기대했다. 하지만 모과주 한 잔에 잠시 잠들기는 했지만 주로 침대 위에서 귀를 막고 웅크리고 견뎠다.

내가 겪은 코로나의 증세는 전에 앓아본 독감과 다르지 않았다. 독감에 걸리면 38도 이상 열이 오르고는 했다. 눈앞에 불덩이가 있는 듯 온 세상이 붉고 뜨겁게 느껴진다. 내가 내 뿜는 더운 숨은 콧구멍이 데일만큼 뜨거웠다. 이불을 뒤집어 쓰고 오한 속에서 와들와들 떨다 보면 혼이 스르르 빠져 어디로인지 가버린다. 혼과 분리된 남겨진 몸은 축축하고 진한 어둠의 늪으로 질척하게 침잠한다. 나를 감싸고 있는 어스름이 새벽인지 저녁인지 분간을 안 된다. 그리고 얼마나 시간이 흘렀나. 내 몸이 뱉어낸 수분으로 옷과 이불이 다 젖어서 혼몽에서 벗어나면 나는 딴 나라에 와있는 듯 나를 둘러싼 세상이 달라져 있고는 했다. 그때보다 나는 훨씬 늙었고 쇠약해졌지만 코로나의 병마는 이겨낼 만했다. 젊은 날의 독감처럼 영혼이 이탈하지는 않았다.

열이 났으므로 해열제를, 기침이 나왔으므로 진해거담제를, 해열제와 진해거담제에 동반 처방되는 간장약과 위장약을 방호복을 쓴 의료진이 세끼 식사와 함께 배달했다. 그리고 가끔 엑스레이 촬영기가 들어와서 가슴사진도 찍어갔다. 담당의사와의 대면은 없었다. 담당의사는 하루에 한 번씩 병의 증상과 불편한 점을 구내전화로 문진했다. 음압기 소음이 너무 커서 잠들 수 없다고 불평하자, 며칠 지나면 나아질 것이라 했다. 소음을 줄여주거나 기계를 제거한다는 설명은 없었다. 정말 소음에도 단련이 되니 면역체계가 형성되는지, 일주일이 지나면서부터 우레와 같은 굉음이 점차로 참을 만 해졌다. 이 병마를 이겨내면 허물을 벗은 애벌레처럼 삶의 껍질을 한 꺼풀 벗어낸 새로운 세상이 도래하겠지.

세라비 방문자 명단에 있었던 사람들이나, 세라비2의 개업식에 참석했던 사람 중 젊은 청년들은 감염증상도 나타나지 않았으므로 병원이 아닌 호텔이나 모텔 등의 숙박업소에 격리되었다. 연속한 3일 이상 특이한 증상이 나타나지 않고 체온 맥박 혈압 산소포화도가 정상 수치를 나타내면 격리에서 풀려났다.

같은 날 격리 수용되었던, 알칸소의 주인장이자 바텐더인 알렌은 열흘 만에 풀려났다면서, 바닷물에 발 담그고 물장구치는 셀카사진을 보내왔다. 자신이 카메라를 들고 찍은 사진 속의 다리는 네 개였다. 아직 갇혀있는 사람을 약 올리겠다는 사나운 심보가 엿보였다.

"하늘이 투명하고 공기가 맑아 보이는군. 바이러스 없는 곳 같아. 어디지?"

사진에는 가슴이 확 열리는 시원함이 담겨있었다. 비린내도 났다. 푸른 바다가 나를 부르고 있었다.

"제주도예요."

알렌은 잠시 휴업 당한 틈을 타 휴가를 즐기고 있다고 했다.

"털 달린 몽댕이 두 개는 남자 다리, 제주 무처럼 미끈한 몽댕이 두 개는 여자 다리지?"

"저는 다리가 넷이에요."

"다리가 셋이라는 남자는 수두룩 봤어도 넷이라는 남자는 첨이네. 내가 다리가 넷인 봉사정신이 투철한 남자를 왜 여즉 몰라봤을까. 하여간 부럽군. 다리가 넷이어서."

좌우간 좋겠다. 제주도도 놀러 가고.

나도 빨리 병 나아서 쿠바 해변에 갈 거야. 함께 동행할 길벗도 구해놨어. 가서 몰디브, 아니 모히또 마실 거야.

백약百藥과 백악百惡의 차이
다채로운 문화·다양한 소비 누리기

유만상(소설가)

기(起)

인간이 다른 동물과 대별되는 핵심은 일찍부터 난삽한 언어체계의 활용과 더불어, 그 규범에 따른 면밀한 기록의 기능을 개발해 온 이력에서 찾을 수 있다.

따라서 인간은 다른 숨탄것들과는 달리 '이야기하는 동물(Homo Fictus)'의 위상에서 자연스럽게 지상의 문명과 문화를 주도하는 영장靈長이 된 것이고, 그 주체들의 생래적 유전자 구조는 더 나아가 허구의 서사적 장치까지 고안해 내면서, 마침내 오늘날의 소설이란 장르까지 창출해 냈다고 믿는다.

하이데거는 예술의 본질이 사건을 일으키는 일이라 규정했지만, 동심이나 시심의 나열이 곧 동시나 시가 아니듯, 사건의 나열 또한 바로 소설이 되는 것은 아니다.

서 말의 구슬이라도 꿰어야 보배이듯 소설 역시 이야기하는 동물로서의 유전자를 동원, 일련의 사건들을 가로와 세로 혹은 위아래를 절묘하고 맞춤하게 엮어, 일단은 이야기보따리에 그럴듯하게 담아낼 수 있어야 하는데 그것이 그렇게 쉬운 일은 아니다.

언필칭 소설이란 세상의 온갖 고락에 얽힌 신음을 작자 나름의 시각과 논리로 버무려 언어를 통해 구현해 내는 예술 행위라고 필자는 주장해 왔다.

오늘날 그 어떤 쾌락적 놀이에서도 제공받지 못하는, 타인의 가려진 일상과 대화 등에 대한 일종의 관음적 예술 누리기가 바로 소설 기능 중 하나라면 너무 잔망스러운 단견이 될 것인가.

더구나 그 허구의 품격 속에 감추고 있는 진실의 메시지는 배보다 더 큰 배꼽의 가치로 인정된다는 사실에서, 현재의 콘텐츠 산업의 번성과 정보화 시스템의 폭주, 그리고 전자기기에 매몰된 문학의 위기설은 허랑한 노파심이라 간주해도 좋을 듯싶다. 그러한 입장은 지금의 산업구조와 제품생산의 과정에서도 신묘한 전설적 스토리텔링이 활용되는 추세에서 그 확인이 가능하다.

승(承)

김영두는 1988년 『월간문학』에 단편소설 「둥지」로 입선한 뒤, 다시 2년 후엔 〈중앙일보〉 신춘문예에서 「부소산 소년」이 동화부문으로 당선되면서 두 장르의 문학 활동을 모색하는 작가가 되었다.

그런 경력이 연원이 된진 모르지만, 김영두의 소설은 어둡고 무거우며 칙칙한 주제를 담아내기보다는, 대체로 밝고 가벼우며 겉치레 없이 진솔하게 명쾌한 담론을 펼쳐내는 작가로 평가받는 쪽이다. 그러나 묵직하고 비극적인 주제가 때로는 희극적 작품 배경에서 더욱 두드러지게 구현되는 역설처럼, 그녀의 그 독자적이고도 특이한 소설 기법은 결코 작품의 가치 중량에서 소홀한 대접을 받을 수 없다는 것이 필자의 진단이고 견해이다.

암튼 대책 없이 발칙하고, 거칠 것 없을 정도로 화끈하며, 무람없이 발랄한 주인공의 그 뚝심 가득한 도발은, 일면 알 수 없는 비애로 가슴을 할퀴게 하는 서정적 환치 기술로서도 절대 만만치 않아 보인다.

특히 이번에 읽은 단편 열 편은 모두 술을 제재로 하고 있다는 점에서 새로운 실험으로 주목이 될 듯도 하다. 다만 작가 김영두가 추구하는 문학의 지향점이 일견 장르문학 내지는 사소설적 범주의 시선이나 편견에서 자유로울 수 없을 것이란 관점에 대해서는 오롯이 작가 자신이 감당하고 설파해야 할 몫으로 돌린다.

그럼에도 필자는 인종과 인간 사이의 명시적 가치 한계가 모호해지면서, 점차 모자이크 또는 파편화되고 있는 현 세태의 작품 또한, 다채로운 계층에 다양하게 소비되는 문화가 될 수 있다는 사실을 견지하고 싶다.

따라서 필자는 어떤 작품이든 색안경을 쓰고 대하지 않을 것이란 다짐과 함께, 재래적 통념에 영향을 받지 않는 저울을 들고 '술과 인간'이라는 특화된 주제를 다룬 연작소설의 한 실험적 탐색에 동참하기로 한 것이다.

굳이 명분을 붙이자면 필자 역시 술이라면 주변의 지인들로부터 이미 정평이 날 만큼 대단한 호주가이기 때문이고, 시답잖은 주제로 감히 이 발문 요청을 수락한 용기 역시 대중들의 피드백에 의한 작가의 일관된 주문이 있어서임도 밝혀 둔다.

불교개혁에 앞장서 온 승려로서 현재 대중적으로 명망이 높은 한 스님은 좋은 인간을 고르면서 그 첫째로 술을 마시는 친구를 꼽고 있다. 물론 그것을 건전하게 즐기는 조건을 전제하고 있지만, 알코올은 때로 불을 키우는 기름처럼 친밀한 감정 유발과 즐거움을 증폭시키는 묘약이 된다는 점에서다. 그런 입장에서 보면 필자도 애주심이 넘쳐 거의 폭주족에 가까운 나머지, 술은 언제나 바커스 같은 '주酒님'이었다고 감읍하고 칭송하는 쪽임을 숨기지 않겠다.

장담하거니와 술이야말로 분명히 방황하는 내 영혼을 다스리고 키운 8할의 에너지였다. 혹자는 그 술이란 게 '악마의 피'와 같아서 처음엔 벗이 되고, 결국에는 적이 되어 스스로를 망친다는 악담을 서슴지 않지만, 적어도 필자에겐 해당이 되지 않는 군말이었다.

자칫 인성의 파괴는 물론 건강까지를 거덜 낸다는 그 퇴폐적 연료를 찬양하고 있음이 도대체 가당키나 하냐고 손사래를 치는 자도 있을 것이다. 하지만 그 기호식품을 빙자하며 비열하게 뒤로 숨어 자신의 과오를 호도하는 경우만 아니라면, 필자는 세상에서 알코올만큼 솔직하고 유쾌한 식품은 없다는 사실을 감추고 싶지 않다. 내심으로 그걸 마실 때면 내 머리 위에 더는 잘난 놈이 없어 좋았던 것이 그 이유이다.

어린 시절 유별나게도 숫기가 없던 필자는 그래서 빨리 술을 익혔는지는 몰라도, 어쨌든 마신 만큼 정직하게 응답하는 주기로 내 부족한 담력을 부양하며 성장했던 비겁을 고백하지 않을 수가 없다.

천래적으로 애주가이셨던 양부모님의 유전자로 초등학생 때부터 이미 합법적(?)인 술꾼이 되었고, 최전성기 고교생 때는 대학을 졸업하자마자 갓 부임해 온 국어교사와 밤내 통음을 했던 불량한 이력도 있는데, 그 조숙한 탈선은 결단코 자랑을 위한 위악적 실토가 아님을 천명한다.

그렇게 허물과 얼룩이 많았던 필자는 자주 술찌끼로 어린 나이 때부터 취해서 살았다고 자랑을 하시던 동리 선생 앞에서, 무엄하게도 가소롭다며 헛웃음을 날렸던 기억도 생생하다. 암튼 술이 없는 세상은 상상이 잘 안될 만큼 '기·승·전·주起承轉酒'가 내 신앙이었음을 어찌하랴.

사실 필자는 웬만한 수영장 앞에 설 때면 늘 여태까지 마셔온 술과 그곳의 수량을 비교해 보는 버릇이 있다. 그때마다 스스로가 자신에게 뇌까리는 말은 '나는 술을 마시지 않았으면 아마도 지금까지 살아있지 못했을 것'이라는 서글픈 자각이었다. 일종의 자연선택론이라 일컫는다면 맹랑한 궤변으로 들릴 것인가.

돌아보아 필자의 가계家系에서 선대는 대개 단명을 했다. 그 유전자적 조건으로 볼 때 필자는 돌연변이를 누리는 것처럼 장수를 하고 있는 셈이다. 그런 의미에서 애주가와 절주자의 수명을 셈할 때, 필자가 곧잘 원용하는 계산에서는 단연코 애주가들이 장수한다는 결론이다. 어차피 인간의 평생은 누구에게나 공정한 일회용일 뿐이지만, 술꾼들은 분명히 그 두 가지 인생을 다 살기 때문이다.

달빛으로 보는 세상과 햇빛으로 보는 세상이 다르듯이 인간도 취중과 맨정신의 세상은 달리 감지된다. 음주자는 한평생을 두 가지로 산다는 이치로 자연 원 플러스 원(1+1), 결국 두 인생을 살아서 장수한다는 논리다. 이걸 두고 가성비가 높은 인생이라면 참으로 구차스럽고 서글프겠지만, 어쨌든 필자는 철저히 두 벌의 삶을 누려서 장수했다고 믿고 싶다.

이미 작품을 통한 주력酒力 연구로 필자를 능가하는 관심

법을 터득한 김영두 작가가, 때마침 취중에 있는 나에게 전화로 스스로의 '술 이야기'를 담은 작품을 살펴달라는 청탁을 해왔을 때, 술자리 지키기 말고는 게으르기 짝이 없는 필자는 울결에 짜증이 나면서도 술꾼인 스스로의 운명을 떠올렸다.

오래전 소협 세미나로 터키를 방문했을 때, 둘은 야외 공연장에서 취중의 엉터리 춤으로 각국에서 몰려든 관광단으로부터 기립박수를 받은 인연도 있었기 때문이다. 어쨌든 지피지기知彼知己면 백전백승百戰百勝이라는 췌마술 병법까지 쓰는데야 어찌 그 간청을 뿌리칠 수 있었겠는가.

문득 '청동은 얼굴을 비추는 면경이지만 술은 마음을 비추는 거울이다'라는 아포리즘을 떠올려 보면서, 한편으론 술에 관한 글을 사양한다는 것이 곧 술에 대한 모독임을 생각하고, 용감히 발문 쓰기를 수락했던 만용은 솔직히 후회가 막심했음을 밝힌다. 당장은 간단치 않은 일이기도 하거니와 우선 순열이 차 있는 술 약속이 문제여서였다.

그런데 통상 역설과 반어적 관계로 예화 되는 '꿈보다 해몽'이란 말을 떠올리는 순간, 필자는 그것이 방패가 될 수도 있다는 심산에 여간 다행스럽지가 않았다. 실제 난해하고 난감한 꿈을 임의로 해석하는 자유를 누릴 생각에 필자는 흥겹기도 했다. 흉몽이 곧 불길함의 전조는 아니듯 어떤 경우든 남의 소설을 읽는 동안은 즐거운 독자의 시간이 확보되기 때문이었다.

전(轉)

김영두의 술을 제제로 한 소설은 모두 열 편인데, 발화자는 주로 1인칭 주인공 시점의 '나'이지만 작가를 지칭하는 이미지가 겹쳐지는 게 특징이다. 알코올이라는 매개체를 통해 벌어지는 일련의 사건들은 인물이나 공간의 설정에 어느 정도 선택적 한계가 요구됨으로써, 작품 길이의 격차와 함께 단조로운 국면이 노출되는 점이 있었다. 따라서 연작의 형태를 취한 주제 확장 의도 역시 약간의 제한을 받기는 마찬가지였다.

단편소설이 인간탐구에 대한 엽편 적 해석이면서 동시에 단면적 질문이라는 의미를 되새길 때, 김영두의 소설은 나름 명쾌한 문장 구사와 과감한 일탈의 행위로, 인간관계의 문제를 술의 여러 기능을 통해 그 역할들을 시뮬레이션한 것으로도 관측된다.

같은 듯 다르고 다른 듯 같아 보이는 인생들…. 끝없이 들쭉날쭉하고 구차스럽긴 해도 퍽퍽한 집합체의 구성원들을 향해 작가는, 스스로를 포함한 모두의 윤활을 위해 기름을 치고자 새로운 물음과 해석 그리고 융합을 시도하며 골몰한다.

질 높은 삶과 복된 시간을 확보하기 위해선 항용 원활한 인연의 작동이 절실하다고 믿는 김영두는 그 도구로 술을 활용하고 싶어 한다. 그리고 실제로 작가는 오래전부터 세미나 또는 문학기행 등의 행사 때, 꼭 명성 높은 증류주 등의 독주를 준비해 와 몸소 들병이 봉사자가 되는 걸 마다하지 않았다.

암튼 김영두는 작금의 사사로운 쇄말주의적 서사구조의 현상 타파와 미세담론에 함몰된 글쓰기 풍조를 지양, 다시 기름기가 돌고 맛깔스런 인간의 향취가 있는 소설창작을 위해 작심하고 술을 동원한 소설을 묶어낸 듯하다.

지상의 음식 중에선 가장 다양하고 기품이 높으며 멋스러운 음식으로 인류의 역사만큼 오래된 술은, 예로부터 노래하고 춤추기를 즐기는 우리 민족의 정서와 교양, 철학, 풍류가 조합된 만능의 기능식품이었다. 이제 그 백약百藥의 으뜸이며 백악百惡의 첫째이기도 한 술이 벌이는 김영두의 술 파티장으로 들어가기 위해 과감히 주점의 문을 두드린다. 그리하여 필자는 잠시 알코올에 무방비로 취한 세상과 통섭하고자 하는 작가를 조망하고 탐색하는 작업에 앵글을 맞출 것이다.

작품 「술꾼」은 우선 청소년 보호법 제28조를 해석하면서 주인공 '나'가 술과 주점 풍경에 대한 호기심으로 그 체험 유혹의 실제에 도전해 가는 과정을 그리고 있다. 그 경로에서 여고의 최고 학년이던 해는 요란스러운 변장을 통해 카페 진입을 시도해 보지만, 번번이 문전박대를 당하고는 하루빨리 어른이 되고 싶은 조급증을 느낀다.

그러던 차에 '나'보다 나이가 한 살 더 많은 친구에 묻어 간신히 카페 진입에 성공하면서, 그녀로부터 들은 수많은 칵테일과 주점의 풍속을 헤아리게 된다.

이를테면 지극히 외설적이긴 해도 화장실 표지가 111과 101로 남녀를 구별 짓는 것을 통해 자웅의 시각적인 이미지도 깨닫는다. 그러던 어느 날은 바텐더로부터 50대 남자와의 부킹을 요청받기도 하는데, 그때부터 숱하게 들어온 그 수컷들은 어째서 위험물일 수밖에 없는지에 대해서도 막연하게나

마 인식하게 된다. 아울러 낯선 남자가 사는 술은 절대로 먹지 말라는 충고를 한갓 의례적인 구두선口頭禪의 경고로만 여겼던 것에 대한 일말의 새로운 성찰도 보탠다. 어쨌든 새로운 풍경과 마주하면서 칵테일을 자주 빚어주던 한 언니의 다음 말은 현실이라서 퇴박할 수도 없다.

"이 세상은 어디를 가든 통하는 진리가 있단다. 남자들이 많이 가는 술집에선 젊고 예쁜 여자 손님이 환영받는 꽃 장식품이고, 반대로 젊은이들이 가는 카페라면 잘생긴 홀 서빙 알바생이 어떤 비싼 인테리어 시설보다 여자 손님들을 더 많이 끌어들이지."

술의 종류와 그 다채로운 기능이 인생에 끼치는 영향을 체득하며, 술을 향한 도발적 학습자로서 현장실습에 충실하던 '나'는 소설가 서머싯 몸이 동양의 신비라고 극찬한, 그 저녁 노을빛의 '싱가폴 슬링'의 유혹을 거치면서 술과 관련된 글을 꼭 한번 써보겠다는 욕구까지 챙기게 되고, 마침내는 점차 그 모험에 익숙해져 다양한 인간들과의 대작 관계도 주도적으로 선택하는 자신감을 얻는다.

그 결과 '나'는 마지막 술은 대체로 위스키나 꼬냑 같은 독주를 마시게 되는 이유를 감지하게 되는데, 그것은 '천사처럼 향기롭고 부드러운 단맛보다는 악마처럼 독하고 비수처럼 날카로운 쓴맛을 사랑'하게 만드는 인생의 과정과 유사한 속성의 깨달음이었다는 것. 그리하여 '나'는 연애 또한 '눈물이 쏙 빠지게 만드는', 이른바 기왕이면 '쓰디쓴 사랑을 갈망시키는' 그 인생의 강도强度 원리가 바로 일정 부분 음주의 경륜과 유사하게 진화한다는 논리도 터득하게 된다.

드디어 '나'는 당당한 작가로서 한 지방 선비촌에서 초청한 세미나에 참석하고, 그곳 먹거리 장터에서 한 여인이 연신 뭔가를 집어먹고는 막걸리를 병째로 마셔대는 모습을 목격한다. 그곳에는 마침 한 드라마 제작팀이 와서 사극을 찍고 있었다.

순간 '나'는 어린 시절 제삿날 친정집에 와서는 꼭 그녀와 흡사한 풍경을 연출하던 왕고모를 떠올린다. 왕고모는 음식이 어른들 밥상에 오르기 전 늘 혼자서 시식을 하며 술과 줄담배를 태우곤 했다. 그녀는 나중 '나'가 물었을 때 이렇게 실토했다.

"난 서른여덟에 술과 담배를 다 배웠단다."

왜 서른여덟이냐고 재차 묻자,

"그 나이에 내가 과부가 됐어. 자식이 셋이나 딸렸고 어떻게 살아야 하나, 참으로 막막해서 한숨을 푹푹 내쉬다가 담배까지 배우게 되었지. 그리고 친정에 와서 제사음식을 준비하다가 호박전을 집어먹었는데, 그게 하도 짜서 막걸리 한 모금을 했고 그게 시작이었지 뭐."

구차스러운 변명인지 아니면 신세타령인진 모르지만, 어쨌든 세상은 제각기 환경에 따른 인연과 유전자적 내력을 무시할 수가 없지 않을까 싶다. 어쨌든 이 인용에서도 필자는 '나'가 인생의 곡절과 술의 관계를 결코 우연이 아닌 당위성으로 묶어내고 싶음을 엿보게 된다. 그리고 '나'는 드라마에 픽업된 연예인들과 사진 한 장을 찍기 위해 학교에도 가지 않고, 수백 리를 따라온 얼빠진 여학생들을 훔쳐보며 스스로의 한때를 돌아본다.

그들 또한 우리나라의 청소년, 누군가의 소중한 자녀가 아 닌가. 만추의 바람이 고엽을 울리고 소녀들의 짧은 스커트를 들추며, 맨다리를 더욱 애처롭게 만들고 있는 모습을 지켜본 '나'는, '식사하고 남은 떡이랑 부침개 그리고 막걸리도 한 모 금씩 주면 안 되겠느냐'고 제의하는 후배의 말에 적극적으로 공범자가 되고 싶어 하는 자신에 놀란다.

일찍이 금단의 열매를 먼저 경험했던 그 고뇌 없는 대처 를 두고 잠시 혼돈과 마주했던 '나'는, 고교 2년 시절 한국일 보 신춘문예에 가작으로 입선한 「벽 구멍으로」보다 먼저 썼 다는 최인호의 「술꾼」을 소환하며, 어쩜 그 작품은 이미 중학 생 때 쓴 게 아닐까, 하는 추정도 펼쳐 본다. 그때부터 '나'는 인간이란 그렇게 나이와 정비례하여 성장하는 동물이 아님을 생각했는지도 모른다.

「모히또에…」는 헤밍웨이가 멕시코에서 즐겨 마셔서 유명 해진 술이다. 언젠가 그런 유래가 있는 쿠바에서 근사한 인생 을 구가하자는 연인과의 약속은 그러나 난데없는 코로나 감 염병의 역습에 막힘으로써, 서로 전화나 문자만을 보내는 처지가 되고 만다. 혹시 역병에 걸렸을 때 그 감염경로에 따른 동선 추적으로 관계가 탄로가 나는 것이 두려워서이다. 그래서는 그 추적을 피하기 위한 통신수단으로 고작 이모티콘의 교환을 상상해 보는 연인들의 애달픈 연애담인데, 그 목마른 관계에서는 미래의 훌륭한 의사가 될 것을 기대하고 결혼한 정치꾼과 약사의 예화마저 부질없어 보인다.

비교적 짧은 길이의 장편掌篇소설로 역병의 공포를 주제로 한 절묘한 콩트 형식에다 아름다운 환상을 순식간에 뒤집는 반전까지 모색하고 있으나, 모히또에 가서 몰디브를 마신다는 얘기는 꿈속에서나 가능한 일. '허망하다'는 마지막 문장과 더불어 아쉬운 반전이 야속하지만, 그러나 우리 인생은 절벽에 떨어지면서도 꿈을 가질 권리가 있음은 자명하다. 자주는 아니더라도 간혹은 그 꿈이 이루어지는 기적이 있기 때문이다.

그리고 누군가가 버린 인간을 누군가가 주웠다면 그것도 불법 수취 내지는 점유이탈물 횡령이 되는 것일까. 보호의 개념이 사랑의 덕목에 필요한 요소가 된다면 불륜이란 말은 애초부터 어불성설의 어휘여야 할 것이다. 어쨌거나 남녀 간의 사랑 문제는 어떤 알고리즘의 공식으로도 쉽게 풀기가 난해한, 영원한 인생의 숙제일지도 모른다.

「앗싸, 세라비…」는 칵테일 바텐더 제임스가 코로나 확진 판명자가 된 뒤트 역학조사에서 '나'를 신고했다는 급보를 받고는 폭발 직전의 수류탄을 껴안은 기분이 된다는 이야기다. 이어 보건소의 요청을 받고 피·시·알 양성 판정을 받은 '나'는 곧 구급차에 실리는데, 벚꽃이 분분히 날리는 거리는 그 풍경과는 달리 지옥에서 상상하는 환상의 세계일 뿐이다. 그러나 실제로 내심은 코로나를 한 번 모험처럼 겪어보고 싶어했던 입장이어서, 그 경험을 허구에 엮어 근사한 연애소설 한 편을 그려낸다는 기대로 고독한 설레임도 가져본다. 마치 에이즈를 감염시키고 떠난 남자를 향해 '당신을 기억할 수 있는 고통에 감사한다'고 말한 어느 외국 영화처럼 말이다. 실제로 '나'는 그게 자신의 버킷리스트라며 몇 친구들에게 의견을 구하기도 하는데, 돌아온 답은 대개가 '깨몽하셔'였다. 꿈을 깨라는 급식체給食體 말의 충고다.

암튼 작가인 '나'가 술친구들과 더불어 감염된 역병의 극복 심경과 그 역정에서 겪는 인간 내면의 면피 도모적인 위선적 속성들은, 그야말로 한없이 가벼운 존재의 인간들을 정탐하고 있다는 점에서, 진솔한 인생 문답의 보고서가 될 수도 있어 보인다.

「보드카 마티니…」

어느 날 '나'는 까무룩 물안개가 젖은 날씨를 들며 '주酒님'을 알현하러 가자는 친구의 유혹을 받고, 점심 반주로 소주 몇 잔을 마신 뒤 미어터지게 주객이 몰리는 유명 카페에서 2차를 도모하게 된다. 진토닉을 첫 잔으로 007 영화의 제임스 본드와 그의 미션 도우미 본드걸과의 핑크빛 인연을 물들이는 보드카 마티니의 칵테일은, '젓지 말고 흔들어 달라'는 주문처럼 다양한 시음법으로 미각의 추이와 의미를 새롭게 한다. '나'가 원해서 손바닥의 열기로 데우는 코냑의 환각적인 향기를, 짓궂은 바텐더는 신혼부부의 합일 추구를 위한 아우라로서의 문화 유전자적인 응원의 의미까지 포함시키고 싶어 한다. 그런데 옆을 보니 함께 온 친구가 없다. 환상의 콤비라며 그가 내어준 다크 초콜릿이 무색할 뿐이다. 정말 그는 어디로 갔을까.

복잡 다양한 주법이나 칵테일이 동원된 담론이지만 마무리는 담백하다. 그가 왜 사라졌는지는 아무도 모른다. 아니 알 필요가 없다. 진짜 술은 이따금 섬망을 일으키지만 어떤 경우에도 그 본질만은 변하지 않기 때문이다.

「폭탄주보다 과하주過夏酒」는 작가로서 작품이 완료되는 순간 마침표 자체가 술에 대한 갈망이 된다. 작가인 '나'는 마침 한 동료와 출판사에 나갔다가 말술의 애주가인 출판사 대표가 충수염 절제 수술 후 1년간을 금주하라는 의사의 분부를 50일째 지키고 있다는 소리를 듣는다. 그때 작가는 어금니 발치 후 하루도 지나지 않아 위스키를 마신 기억을 영웅처럼 자랑한다. 깊이 박힌 어금니를 뽑고 출혈을 많이 한 탓인지 헛헛한 속과 비릿한 구취는 물론, 우선 갈증에 못 이겨 바로 방앗간 밝히는 참새의 본능으로 카페에 들어가 폭탄주를 마셨는데, 그때 입속 어금니에 물려있던 약솜이 목구멍으로 넘어가는 순간 기겁을 했다는 실토였다.

그렇듯 술이라면 온갖 명분과 구실을 동원해서라도 금주

결심자에게 무장 해제를 강권하는 술친구들은 과연 악마인가 구원자들인가. 사실 공사다망한 악마들은 손을 볼 대상과 용무가 넘치고 쌓여, 일일이 해코지할 대상들을 찾아다닐 수 없을 때 술을 보낸다고 하지 않던가.

제정 러시아 시절엔 시베리아로 유배간 벌목 노동자들이 혹한을 이기기 위해 맥주에 보드카를 섞어 마신 것이 유래가 되어 폭탄주가 되었다는데, 우리는 조선 초기부터 서울에서 발효주에 증류식 소주 원액을 첨가해 빚은 혼양주가 바로 폭탄주였다는 것이다. 이름 그대로 여름이 지나도록 맛이 변하지 않는다는 과하주過夏酒는 애주가 필자에겐 새로운 탐색주가 될 수도 있을 것 같다.

「그리운 분 찾아…」

생애 처음이란 단서가 필요 없이 열 번 스무 번째의 만남도, 상대가 바뀌면 초련初戀이라 여기는 연인들은 언제나 그 첫사랑에 목이 마른다.

한 전통 보수 집안의 규수로 자라 제일 먼저 결혼을 한 어느 동창 친구를 수소문한 '나'는 20년 만에 그녀와 조우한다.

그녀의 남편은 이미 '나'가 먼저 알고 있었던 남자이고, 현재는 단편 영화 감독이어서 '나'는 그의 제안으로 한 소품의 게스트가 된 경력도 가지고 있는 처지다. 하지만 두 부부는 미처 내가 눈치도 못 채고 있는 사이에 콩깍지를 뒤집어쓰고 짝을 이룬 관계였다.

순진과 선량이 본질인 친구와 저질에다 도둑심보가 충만한 감독의 결혼은 애당초 기름과 물의 궁합이었다. 그렇지만 둘의 결혼식 날 '나'는 결국 눈물이 섞여 도수가 낮아진 소주만 축내야 했다.

그러나 20년 후에 만난 친구의 술회는 그들의 불행을 예단한 내 추정과는 전혀 달랐다. 슬며시 약이 오른 '나'는 아직도 내 친구가 요조숙녀인 채 바보 천치로만 살고 있다고 생각하고 강력하게 벼락을 한번 쳐주고 싶었다. '나'는 조심스럽게 친구의 남편이 천하의 난봉꾼이고 바람쟁이라고 본인에게 일러바친다.

그런데 벼락은 내가 맞았다. 점순이는 앞에 놓인 소주잔을 들어 내 얼굴에 확 끼얹었다. 난데없는 소주 벼락이었다.

"너야말로 우리 장군이 아빠를 잘못 알고 있어. 니가 처녀 때부터 울 남편을 짝사랑했다면서? 아직도 좋아하니? 그래서 결혼도 반대했구나! 나, 간다. 남의 부부 사이 이간질만 하는 나쁜 년. 너는 친구도 아냐! 다시는 안 만날 거야. 내가 널 얼마나 보고 싶어 했는데, 나쁜 년!"

변명이고 자시고 할 틈이 없었다. 장군이의 엄마이자, '헐리우드 팍'의 부인인 점순이는 영원히 X 친구가 되어버렸다.

그런데 친구를 만나기 며칠 전 장군이의 아빠를 방문한 사무실에서 '나'는 감독과 한 여자의 수상한 흔적, 그야말로 빼박의 증표를 확실히 확보한 상태였다. 그럼에도 친구는 철저히 남편을 신뢰하고 '나'를 '나쁜 년!'이라고 공박하고 떠나버린다.

그래서 세상은 요지경이고 그러한 혼란들을 중화시키기 위해서도 술은 꼭 필요한 것인지도 모른다.

「타임캡슐…」은 연인들이 스스로 완성해내지 못한 로망이나 추한을 흐르는 시간에 묶어두고, 그 추억들을 전설로 보존

하려는 소꿉놀이 이야기다.

박 화백이 술친구인 '나'와의 개봉을 위해 한 동이의 막걸리와 위스키 한 병을 묻어둔 도봉산의 타임캡슐은 갑작스러운 날씨의 훼방으로 개봉을 이루지 못한다. 그리고 그 기약은 박 화백이 급서를 당하면서 영원히 가슴에 담는 낫킹콜의 노래가 되고 만다. 키사스, 키사스, 키사스⋯! 속절없는 세월과 달리 땅속에 묻힌 채 주인공을 기다리는 위스키의 진내가 흙무덤의 후각과 함께 가슴을 아릿하게 한다.

「돌아온 첫사랑」

할아버지를 위해 최음제와 맞먹는 두견주를 빚는 할머니 덕에 이따금 불로장생주를 맛보며 자란 '나'는 술과의 인연을 숙명으로 생각한다. 광속에서 익어가는 각종 비주秘酒들의 발효음醱酵音과 더불어 후각을 간질이는 술내는, 어른의 세계를 더욱 호기심으로 이끄는 조숙의 기폭제가 되었다. 그 연장선에서 예의 선험적 인연은 가톨릭 학생회의 소모임에서 특혜자의 지위까지 누리게 만든다.

손톱만큼 적은 빵과 혀만 축이는 포도주를 맨 뒷자리에 앉은 행운으로 자연 많은 분량을 누릴 수 있었는데, 이미 그 환각적인 주기에 익숙해진 '나'는 어느 크리스마스날 급기야 미사에 쓸 핑계로 할머니로부터 포도주 한 병을 얻어서는 언니들과 함께 잔치를 벌인다. 물론 그날의 포도주는 학생회 모임 때의 그 성찬 포도주와는 알코올 농도부터 달랐다. 어쨌든 뒷자리여서 처음으로 많은 분량을 합법적으로, 그것도 공식적으로 마실 수 있었던 그 성찬 포도주는 은은하고 감미로운 첫 키스의 의미로 남게 했고, 그 농도는 점차 갈급을 키우는 마약 같은 유혹으로 업데이트가 되어, '나'에겐 각종의 술에 대한 도전 의욕을 키우는 첫사랑이 되었다는 술 예찬 이야기. 술꾼들의 이력이 되는 시음의 동기는 대개가 흘러간 과오를 회한으로 풀어내는 특징을 지닌다.

「굿바이 슈퍼맨」

친구의 쌍둥이 오빠인 지후와 낚시터에서 시작된 미묘해진 우정은 이따금 연정의 감정과 섞이면서 여러 충돌과 함께 자주 카멜레온의 색채를 연출해 낸다. 그런 과정에서 지후가 때론 슈퍼맨이 되고, 더러는 배반의 대상이 됨으로써 애증의

갈등만 확장시킨다.

그러나 지후가 스스로를 돌아보게 하는 도구로만 '나'를 지렛대로 이용했다는 사실을 알고부터 '나'는 그에 대한 적개심과 자신을 향한 혐오, 그리고 그 감정에 따르는 자기 연민에 더욱 증폭되는 불행감을 느낀다. 더구나 그에 대한 강렬한 복수심 이면에는 도무지 인정하고 싶지 않은 더러운 미련과 연정이 버티고 있다는 이율배반에서 더 큰 절망을 만나고 만다.

거듭되는 위기에 처절한 최후의 상황을 맞으면서도 참사랑을 지향하는 영화나 문학 작품을 떠올리며, '나' 또한 그 참사랑의 가능성에 도박처럼 매달리는 스스로를 서글프게 인식한다. 그리고 지후와의 마지막 골프 내기에서 모든 염원을 다 담은 기도 끝에 날아간 공이 홀컵의 밑바닥으로 떨어지는 순간, 지후는 '나' 앞에서 처음으로 자신의 패배를 선언한다.

"니 채가방에 내기에서 진 사람이 진상하는 공과 플라스크 술병 넣어 두었어. 우리 다시 만나게 되는 날 그 술 한잔 하자."

지후는 이 말을 남기고 홀연히 떠나고, 생뚱맞게도 옛날 낚시터 호면에서 끓어오르던 안개가 눈앞에서 일렁이는 순간 '나'는 일견 시크한 지후의 메별을 통해 '트로피 와이프'가 몽골로 떠나간 이유와 더불어 그의 우정을 깊은 통찰로 헤아리게 된다. 그러면서 이 소설은 남녀 간의 우정 역시 애정을 뛰어넘는 견고한 가치와 발언권을 가지며, 결코 인간의 고적한 선택을 임의로 예단해서는 안 된다는 권고 메시지를 담고 있는 듯이 보인다.

「브랜디 한 수푼…」은 아주 짧은 글로 코로나 환자인 '나'가 병원에 갇힌 뒤 룸메이트로부터 얻어 마신 모과주로 역병을 극복해 나가는 소설이다.

병실에는 감염확산 방지를 위해 음압기를 작동시키고 있었기 때문에 그 소음으로 도무지 수면을 해결할 수가 없을 지경이다. 수면제 공급이 허용되지 않음은 물론 각종의 일상적 의약품도 의사의 통제를 받는 처지인 데다, 모든 행동에 제한을 받고 있어서 그야말로 지옥 생활이다. 그런데 이웃의 환자는 딸이 비밀리에 챙겨 준 모과주로 쉽게 수면을 취하고 있음을 알고, 그 도움을 청하면서 간신히 이어폰을 통해 인터넷 강의와 음악 청취, 소설 낭송 듣기로 시간을 보낸다.

CCTV의 감시를 피해 화장실에서 몰래 모과주를 마실 때야 '나'는 영국에서 첫 아이를 낳은 친구가 의사의 민간요법에 따라 꼬냑, 설탕, 보리차 한 스푼씩을 섞어 마시며 수면 장애를 해소한 것과, 일본에서 동일한 고난을 겪고 있던 또 다른 친구에게 그 정보를 전해준 사실을 떠올린다. 말하자면 술의 뛰어난 약리작용에 대한 찬사를 품은 글이다.

한편 같은 날 제주도에서 격리 수용되었던 카페 바텐더가 이미 그 묘약을 통해 구금 해제된 소식은 다리가 네 개가 달린 현대판 처용의 사진이었다. 새삼 술의 특별한 용도를 떠올리면서 다짐하는 '나'의 말은 "나도 빨리 병 나아서 쿠바 해변에 갈 거야. 함께 동행할 길벗도 구해놨어. 가서 몰디브, 아니 모히또 마실 거야."였다.

술(結)

이상에서 언급한 10편의 테마소설로 볼 때, 김영두가 천착하는 술에 관한 남다른 관심은 생육 환경이나 그 소재에 관련

된 가계의 특별한 습속 등에서 자연스럽게 체득된 호기심의 발로가 아닐까 싶다. 실제로 그 바탕에는 우리의 정서가 예로부터 음주에 대해선 관대한 문화적 관용주의가 있었고, 그것이 여성에겐 편향적으로 금기시되던 시절에 대한 나름의 저항과 도발의식이 잠재적 충동을 유발시켰다고도 여겨진다.

오늘날 양성평등 문제에서도 여성의 우선권이 술에서 먼저 확인된다는 점으로 보면, 작가 김영두의 권리 찾기 도전은 지극히 정당한 대응이다. 적어도 우리나라의 경우 모든 술은 여자가 먼저 마셨다는 사실이 그것이다.

술을 빚는 것은 주부의 권한이고, 그 순간 술맛 보기 또한 의무가 되기도 한다. 세상의 모든 권력은 자기 신격화의 속성이 있다고 말할 때, 신에게 바치는 술 또한 동일 인격체로서 그것을 여자가 먼저 마셔야 한다는 사실이 그러하다.

사실 음주 가무는 일종의 종합 예술로서 현재의 노래방 문화의 번창이 한국인의 특별한 정서의 대변일 수가 있지만, 더 나아가, BTS, K팝 등의 융성도 그러한 전통 족보로 이어지고 확장되었음이 분명하다.

어쨌든 김영두의 특화된 제재로서의 소설 쓰기는 그 핍진

성逼眞性 여부와는 무관하게 신박한 소재를 과시하여 관종關種으로 튀고 싶거나, 얄팍한 신비주의 혹은 의도적인 현시욕 때문은 아닌 것으로 보인다. 어차피 세상의 모든 작가가 생산해 내는 이야기는 그 작가 나름의 취향과 탐색에 따른, 다양하고 다채로운 창조 담론으로 생광生光스러움을 담고 싶을 뿐이다.

심오한 철학을 챙기는 고담준론이든 아니면 부담 없고 한미한 노변정담이든 엄연히 각계각층이 존재하는 독자들에겐 가독성 또한 제각각이지 않겠는가. 그러한 상황들과의 연관을 고려한 특정 제재의 글쓰기 역시, 김영두의 호방한 기질에 접목되는 학습이 필요했을 만큼 가볍고 일방적인 평가를 내릴 순 없을 것이다. 다만 당위적인 술의 가치 설정과 그 활용에 관련되는 사건들의 종횡무진이, 좀 더 촘촘한 교직과 더불어 드라마틱한 인과관계로 조탁되었으면 하는 아쉬움은 남는다.

그런 과정에서도 이야기가 알코올의 그것처럼 가식 없이 진솔하고, 인습과 관념이 만들어내는 장치를 걷어낸 만큼 탄탄하고 절제된 문장에서 열기가 넘친다. 뭔가 분답스럽고 음침하며 후덥한 환경에도 비교적 가지런하고 마뜩한 호흡으로 당당하게 서사를 엮어내는 자세는 독창적인 소설 작법을 느끼게도 만든다.

다시 말해서 세속적인 시각에서의 탈선이나 거침없는 불륜마저도 진부하고 느끼한 냄새를 풍기지 않게 그려내는 기술은, 더 성숙되고 심오한 성 이데올로기를 창출할 수도 있다는 기대까지 갖게 만든다.

어떻든 사라진 거대담론의 복원자로서 새로운 예술계를 야심차게 건설하려는 의욕을 통해, 기왕이면 재미가 쏠쏠하면서도 속이 깊어 오래 감동의 자국을 가슴에 남기는 웅숭깊은 소설 창작에 작가는 더 분발해줬으면 싶다.

그리하여 오늘날 시나 수필 쪽이 그러하듯, 그 장르의 독자층보다 실제의 문인들이 더 많다는 블랙 코미디 같은 조롱만은 불식되길 바란다. 나아가 학습 동아리나 유명작가의 문하생으로 한정되고 있는 독자층을 넘어, 과거의 넓고 깊은 소설 독자들이 다시 돌아오는 계기가 재현되었으면 하는 기대도 키워본다. 그 일이야말로 술의 보편적 속성인 '세상에서 제일 맛있고 좋은 술은 남의 집 술'이라는 메타포를 즐기게

할 것이기에 말이다.

또 하나 술의 진정한 가치를 알고 술을 사랑하며 즐기는 필자는 애주가의 자존심과 체면을 위해서라도 이 당부를 꼭 첨가하고 싶다.

─절대로 술은 먹지 마라. 먹되 취하지 마라. 냄새를 풍기지 않기 위해서다. 취하고 냄새를 풍기더라도 쓰러지지는 마라. 쓰러지되 뒤로는 말고 꼭 앞으로 쓰러지라. 왜? 얼굴을 감추기 위해서다. 얼굴은 자존심이고 마지막 지켜야 할 체면이기 때문에.─

술의 특성이 엔터테인먼트의 기능까지를 포괄할 수 있는 기호식품이듯 문학 작품 또한 과장된 엄숙이나 억지의 진중성을 벗어나 유락적 자유를 누릴 수 있음을 강변해 본다.

아무쪼록 한 작가가 의도하는 예술 행위를 서툰 저울질로 달아내기에는, 협량한 필자 이력으로 볼 때 아무래도 한계가 있음을 인정하는 만큼 넓은 이해를 청하고 싶다.

인생은 어차피 주어진 시공을 헤매다 사라지는 찰나의 존재다. 언뜻 하찮게 보일 수도 있는 그 순간의 의미를 포착하고 살피는 작업은 작가 김영두의 사명에 입각한 몫이고, 그

디테일한 문제의 문학적 구현 방법 역시 그 자신이 고구해야 할 과제다.

그리하여 김영두는 여일하게 세상의 기밀을 선험적으로 탐구해 보려는 의지로, 작가 특유의 개성과 추진력이 담긴 큰 야생의 소리를 동원, 새로운 보석과 문법 찾기에 대한 야망을 더욱 확장해 나가길 추동해 본다.

또 하나 마지막으로, 이 치졸하고 남루한 글을 위해서 이 말 또한 꼭 강조해 두고 싶다. 이 글은 절대로 작가를 부풀리고 칭송하려는 주례사主禮辭가 아니고, 이 기회를 통해 술을 기리고 알코올을 찬양하고자 목소리를 가다듬어 읊조리는 최적화된 주례사酒禮辭라는 사실.

사랑합니다.

먼저 '이 글은 절대로 작가를 부풀리고 칭송하려는 주례
사主禮辭가 아니고, 이 기회를 통해 술을 기리고 알코올을 찬
양하고자 목소리를 가다듬어 읊조리는 최적화된 주례사酒禮
辭라는 사실'로 마감하는 발문을 써주신 교주님께 깊은 감사
를 드립니다.

하고 싶은 일을 하기 위하여, 해야만 하는 일을 하며, 이승
에서의 시간과 공간 속을 헤매다 마감하는 것이 우리네 인생
입니다.

술을 제재로 삼은 창작소설을 쓰면서, 드디어 제가 하고 싶
은 일, 쓰고 싶은 글을 쓰고 있다고 느꼈습니다. 즐김과 누림
의 집필 시간이었습니다.

스스로를 돌아보건대, 저는 경험한 것밖에 못쓰지만, 또한 경험한 대로도 못 쓰는 작가인 것 같습니다.

『술꾼, 글꾼……』 속에 실명이나 별명으로 등장하는 인물들은 현재 혹은 과거에 저와 술자리를 같이하거나, 했던 술벗들입니다. 주례酒禮가 우선순위이다 보니, 주례主禮가 후순위로 밀려, 왜곡되거나 과장되게 묘사 표현된 점에 사죄드리며 양해를 구합니다. 또한 저와 맺은 한두 번의 술자리 인연으로 똑같은 피해를 입을 후속 출간할 저서의 등장인물들께도 미리 사과드립니다.

오늘의 '나'가 제 맘에 듭니다.

술벗과 술자리하며 술을 찬양하는 소설을 쓰는 여성작가인 '나'가 맘에 듭니다.

오늘의 '나'가 있기까지 지대한 사랑으로 힘을 실어준, 아버지 어머니, 익종씨, 지혜와 성훈, 재훈과 안나, 민기, 현우, 현수… 사랑합니다. 사랑합니다.

2023년 백로즈음에

너섬에서　김 영 두 절